Ojitos tristes: la historia de Osman

Omar Cerón Palacios

EDIQUID

Ojitos tristes: la historia de Osman
© Omar Cerón Palacios

Editado por: Corporación Ígneo, S.A.C.
para su sello editorial Ediquid
José Olaya 169, Ofic. 504, Miraflores. Lima, Perú
Primera edición, enero, 2025

ISBN: 978-612-5184-29-0

Hecho el Depósito Legal en la Biblioteca Nacional del Perú N° 2024-13766

www.grupoigneo.com
Correo electrónico: contacto@grupoigneo.com | Teléfono: +51 955 071 270
Facebook: Grupo Ígneo | X: @editorialigneo | Instagram: @grupoigneo

Colección: Nuevas Voces

Contenido

Tanto tiempo desperdiciado intentando descifrar la manera correcta de escribir una historia «romántica», «erótica», «prohibida», depresiva, melancólica e incluso desgarradora. Era tanta mi preocupación sobre lo que fueran a pensar mis lectores sobre la obra que estoy a punto de compartir, que mi límite fue el éxito o fracaso de esta, pero estoy en la edad en la que ya no me importa el qué dirán de muchas personas que tal vez puedan criticar las siguientes palabras.

He pasado por momentos verdaderamente difíciles, que le darán más suspenso a esta historia. Por ello te hago la formal y paciente invitación a que le dediques un pequeño tiempo a la lectura de esta vivencia que espero te deje algún aprendizaje o por lo menos un momento de reflexión.

Daniel Cassany, un gran escritor sobre psicología emocional —que no he tenido la oportunidad de conocer—, si algún día tienes el honor de leer este libro, te ofrezco una disculpa por tirar en saco roto todas las lecciones y técnicas para autorregular las emociones e impulsos, pero quiero aclarar que esta es mi manera de expresar lo que siento.

Tenía tantas maneras de redactar esta historia, que hasta yo mismo me sorprendí del talento que creía tener como escritor.

Pensé plasmar esta historia de manera poética como Shakespeare, o imaginaria como Pueyo, e incluso quería generar suspenso en mis lectores como Shelley, pero decidí contarlo de una manera realista.

Infancia

Recuerdo que mi infancia fue agradable, ya que tuve la oportunidad de tener contacto con un ambiente y un entorno que hoy en día los jóvenes y niños del 2024 no pueden gozar por las condiciones socioculturales de mi hermoso país. Tuve el beneplácito de jugar con la tierra, lodo, hierbas; ensuciándome la ropa, mojándome bajo la lluvia, haciendo pequeñas fogatas de papel higiénico y manejando una bicicleta.

Durante mis primeros años de existencia me situaba mucho sobre una montaña de arena, hecha por un camión de carga donde siempre me divertía imaginando que era mi gran resbaladilla. Mi sueño de infancia siempre fue tener un columpio metálico para poder divertirme durante las tardes, pero la situación económica de mis padres no daba para poder poseer esos lujos.

Mi mamá, siempre buscando darnos ese bienestar y ese sustento económico que ella no tuvo de niña, se dedicaba en cuerpo y alma a su trabajo, al igual que mi papá; prácticamente todo el día estaban ocupados en sus locales de materiales para construcción, atendiendo a sus clientes, y solo por las noches nos dedicaban algo de tiempo (pero la verdad me hubiera gustado haber compartido más momentos significativos con ellos).

Mis hermanos mayores, en sus escuelas, ocupados la mayor parte del tiempo; mi hermano ayudando a mi mamá en su local de ferretería en sus tiempos libres, y mi hermana siempre llevándole la contraria a mi mamá, forjando, desde su corta edad, su perfil de abogada. Gisela es la hermana más cercana que tuve durante mi infancia (la tercera hermana de la familia), ya que recuerdo que, de vez en cuando, jugaba con ella y sus amiguitas a la comida o, a veces, escuchaba los chismes con sus amigas.

Los inicios de mi escolaridad comenzaron en preescolar, y la gran mayoría de mis maestras siempre me chuleaban el color de mis ojos, lo cual incrementaba mi autoestima. Tristemente, tengo recuerdos muy borrosos de esta etapa de mi vida. Me viene a la mente que, por situaciones del trabajo de mi mamá, de vez en cuando ella me llevaba a la escuela, pero la mayor parte del tiempo les encargaba a unas señoras que me fueran a dejar y a traer al kínder.

Dos años más tarde, me incorporé a la primaria, donde tuve maestras muy talentosas, brillantes, inteligentes, cálidas, humanas, que más allá de compartirme sus conocimientos, dejaron en mí unas ganas de dedicarme a la docencia. Ciertamente, siempre fui un niño muy tímido, pero era tanta mi imaginación que me ponía a elaborar libritos de hojas recicladas y me dedicaba a autocalificar esos libros, imaginando que quienes lo respondían eran niños con diferentes características, o sea, desde niños muy sobresalientes hasta niños con pocos hábitos de estudio.

Mi primer amor platónico

Tenía una compañera de piel clara, ojos cafés, delgada, cabello castaño, y que se ajustaba a mis estereotipos de belleza tan marcados durante mis primeros años de existencia. Celia era el nombre de la primera niña que llamó mi atención y que fue mi amor platónico de primero a quinto grado de mi escolaridad primaria, hasta que rompió mi corazón en un acontecimiento que describiré más adelante.

Gracias a los comentarios de algunos de mis compañeros y compañeras, maestras, familiares, e incluso personas que me llegaban a conocer, llegué a etiquetarme como una persona muy atractiva físicamente. Esto trajo repercusiones en cuanto a mi personalidad, ya que tristemente me fui convirtiendo en una persona creída, vanidosa y hueca, lo que en cierto momento causó malestar a las demás personas.

Cuando tenía 8 años, recibí el primer golpe psicológico y emocional de mi existencia. Eran aproximadamente las 7:00 a. m. cuando mi mamá recibió una llamada, en la que le informaban que mi papá estaba muy grave, internado en una clínica del IMSS. Mis hermanos mayores, mi cuñada y yo fuimos a verlo rápidamente. Me percaté de que mis hermanos estaban muy preocupados; Eva (la hermana mayor) tenía en mano un cigarrillo y se encontraba muy tensa, mientras mi hermano conducía con mucha rapidez hacia la clínica. Llegamos y vimos a la otra familia de mi papá llorando, junto con el contador Alonso («una persona cercana a la familia» en aquel momento). Recuerdo que mis hermanos se abrazaron y empezaron a llorar. En ese momento me quedé perplejo, y el sentimiento de nostalgia y tristeza se contagió, y empecé a llorar. Era muy joven para imaginar la falta que me haría la figura paterna durante los años posteriores...

Me quebrantaba el alma visualizar a mi papá en un ataúd; recostado, pálido, sin ninguna reacción, pero más deprimente fue observar cómo lo colocaban debajo de la tierra para, posteriormente, cubrirlo con la maldita arena del panteón. Emiliano era el nombre de mi papá, un señor alto, moreno, robusto, que causaba mucha intimidación al verlo, con un bigote de chocolate, valiente y con una personalidad única que generaba empatía y agrado al verlo y platicar con él.

Considero que lo que he contado hasta este momento ha sido la percepción que tuve tras este acontecimiento, sin describir lo que tal vez también sintió mi mamá en aquella lamentable situación, que era un primer paso para lo que el destino nos tenía preparado.

Mi nombre es Osman Castillo, nací el 12 de octubre de 1995, en un pueblito llamado San Bernardino, ubicado en el hermoso Estado de Puebla. Sé que la fecha de mi nacimiento es un evento histórico a nivel internacional, ya que en ese día los europeos «encontraron» América.

Tras la repentina muerte de mi señor padre, mi mamá, la señora Nidia, entró en una etapa de depresión y tal vez crisis emocional, que intentaba ocultarnos, pero que, aunque nunca se lo mencionamos, nos dábamos cuenta de ello. Pero algo que siempre admiré de mi madre fue la lucha constante que tuvo para afrontar las emociones que, en un momento determinado, don Emiliano le ocasionaba al tener doble familia. Mi mamá nos amaba tanto que luchó de manera continua para darnos un presente y un futuro sin carencias.

Recordarás que, en algún determinado momento de esta narración, te comenté de mi primer amor que rompió mi corazón. Pues es hora de contarte qué pasó en aquel momento, pero antes de adentrarnos en esta parte de mi vida, te formularé la siguiente pregunta para que la reflexiones con detenimiento: ¿Crees que tu subconsciente te avise, con algún señalamiento, de algún posible peligro que estés a punto de afrontar? Creo que en ese instante mi subconsciente me estaba dando señales de que ocurriría un grave riesgo, pero por mi corta edad me costaba trabajo darles una interpretación exacta.

¿Qué me está pasando? ¿Por qué escucho ruidos de música repetitivos en mis orejas como si hubiera una clase de sonido detrás de mi casa? ¿Estaré loco? ¿Será pertinente comentárselo a mi mamá o a mis hermanos?, eran las preguntas que me formulaba durante esa etapa de mi vida.

Siempre fui un cobarde y me daba temor abrirme con alguna persona ante alguna complicación que se me presentaba, así que opté por guardar silencio y dejar que el tiempo solucionara esa situación.

El día que marcaría mi presente y mi futuro

os años después de la muerte de mi papá, tuve un accidente que marcaría mi presente y mi futuro. Me caí a un pozo de 25 metros de altura. Sinceramente, no recuerdo nada de aquel evento, pero plasmaré lo que sucedió según algunas versiones que mis familiares me hicieron saber.

Nos encontrábamos jugando fútbol unos «amiguitos» y yo en un terreno baldío, detrás de la casa de un vecino. El balón voló hacia atrás de un pozo que se encontraba cubierto por unas láminas de metal. Me tocaba ir por la pelota, y sin saber que debajo de esas láminas se encontraba el pozo, me dirigí al lugar donde estaba la pelota. Me caí al gran agujero negro. Aquel grupo de niños con los que me encontraba divirtiéndome quedó perplejo ante la lamentable situación, pues no sabían qué hacer. Tomaron la iniciativa de ir a informarle a mi mamá, pero no sabían cómo explicarle este suceso. Mi hermana Gisela me narró que, en ese momento, mi mamá se encontraba platicando con un señor conocido, así que le dio la indicación a mi hermana para que los atendiera.

—Hola, Gis; oye, venimos a verte porque Osman se cayó —comentó Joel, un vecino con el que me encontraba jugando aquel día.

—¡Ay, ese chico! —exclamó mi hermana en tono de disgusto—. Ahorita voy por él.

—Pero es que se cayó dentro de un pozo y está llorando y no responde —dijo en tono temeroso aquel vecino.

Gisela acompañó al grupo de niños al lugar donde ocurrió este hecho, y al ver el grado de peligro en el que me encontraba, se dirigió con mi hermana Eva para explicarle.

—Eva, oye: el chico se cayó a un pozo y está en peligro —comentó preocupada Gisela.

—¿Qué? ¿Dónde está? —fueron las palabras que dijo mi hermana, cuando junto con mi mamá y mis parientes más cercanos se pusieron manos a la obra para resguardarme.

Descripción de hechos:

Tardé aproximadamente tres horas dentro del pozo, hasta que unos vecinos, junto con los bomberos, lograron sacarme con vida. Estaba cesando mucho, perdí la conciencia, presentaba hemorragia por el gran golpe que tuve, mi rostro estaba deformado, sin poder respirar, ya que la sangre obstruía mi sistema respiratorio. Me encontraba cerca de rendirle cuentas al gran Señor.

Pensándolo bien y con detenimiento, fue un gran milagro que saliera vivo de aquel suceso. Estuve un mes en estado de coma, más de dos meses en estado vegetal, sin poder hablar ni moverme.

Por arte de magia, recuperé la consciencia el día que salí del hospital. Recuerdo que mi hermano Anthony (el mayor de los cuatro hermanos) me cargó y me colocó en la silla de ruedas, desde donde bajamos por una rampa de concreto, y me subió al coche. Dentro del vehículo viajábamos mi tía Titty, mi mamá y yo.

—¿Qué está pasando? ¿Por qué no puedo moverme? ¿Por qué no puedo hablar? Y, peor aún, ¿por qué me duele muchísimo mi cuerpo? —eran las preguntas que me formulaba mientras nos dirigíamos a casa.

Al llegar a mi casa, mi hermano me tomó del cuerpo y me colocó sobre la cama *king size* que recientemente había comprado mi mamá, para que pudiera dormir con comodidad. Pero algo muy gracioso es que, con el dolor que presentaba en aquellos momentos, no podía dormir con tranquilidad, ya que prácticamente todo me dolía.

En ese momento, era tanta mi preocupación por mi dolor físico que no tenía ni la más mínima idea de lo que pronto llegaría a mi vida, pues las secuelas de ese accidente me afectaron en varios ámbitos, que más adelante te contaré.

La princesa Vicky

Este capítulo va dedicado a una persona a la cual admiré, quise y amé tanto; ya que, gracias a su amor, afecto, cariño y apapacho, logré alcanzar una de mis grandes metas en la vida: poder caminar nuevamente.

Una vez que logré salir del hospital y estar en casa, por recomendaciones de los doctores y especialistas, me llevaron a una clínica de rehabilitación llamada C. R. E. E., donde atienden a personas que presentan alguna limitación física, psicológica, de lenguaje o cualquier situación que limite su desarrollo pleno dentro de nuestra «suciedad», perdón, sociedad.

Virginia es el nombre de aquella mujer de piel clara, de finas facciones en el rostro (toda una mujer de clase), cabellos negros y lacios, delgada y muy atractiva para cualquier persona. Si mi memoria no me falla, era originaria del Distrito Federal, hoy conocido como «Ciudad de México», y decidió estudiar esta gran y bella carrera por su padre, pues regularmente nos contaba que su papá sufrió un grave accidente, pero que tristemente no pudo salir totalmente bien de aquel percance.

Ella tenía una manera muy particular de llamarme, y me llega a la memoria una frase que siempre me decía cuando ingresaba a mi sesión terapéutica:

—¡Hola, ojitos bellos! ¿Cómo estás?

Durante esa etapa de mi existencia tomé una personalidad caprichosa, berrinchuda e incluso grosera.

Hubo un día en que odié con toda mi alma a la princesa Vicky, ya que me hizo sufrir como no se lo imaginan. Regularmente aplicaba algunos ejercicios para que yo pudiera recobrar el movimiento de mis brazos y pies; pero ese día, en especial, sentí que fue muy brusca conmigo. Dentro de su rutina estiraba mis pies con la intención de que no tomaran una mala postura y de que no se me atrofiaran, pero la sensación era como si intentaran estirar algo que, por naturaleza propia, estaba así.

El dolor físico de mis terapias era muy fuerte. Pero era solo una prueba piloto para lo que la vida me tenía preparado.

El gran golpe a mi vanidad y autoestima

Un día cualquiera, me encontraba sentado en la gran cama que mi mamá había comprado para que guardara reposo, cuando me ganó mucha curiosidad saber cómo estaba mi cara, ya que sentía muchas irregularidades en ella. Así que le pedí a Gisela, que me colocara frente al espejo para que yo pudiera ver mi reflejo.

—¡Dios mío! ¿Qué le pasó a mi hermosa cara? ¿Qué es esa horrible marca que tengo? ¿Por qué mi ojo se encuentra más pequeño? —fue lo único que pude pensar antes de soltarme a llorar.

Era un niño que había sufrido una metamorfosis inesperada a raíz de un repentino accidente. Mi madre y mis hermanos mayores regañaron muy feo a mi hermana por haber hecho esa acción sin siquiera pensarlo. Después de ver mi imagen tan cambiada y al entrar en una gran crisis existencial, mi madre, junto con mis demás hermanos, intentaron regular mi temperamento y mis emociones, pues en ese momento quería morirme.

Me costó mucho entender que no volvería a ser ese mismo galán que estaba rodeado de grandes elogios por su porte físico y por su gran y brillante mente, ya que en los años posteriores entré en una gran crisis y preocupación inesperada por ser aceptado por los demás.

Cuando aún estaba en recuperación, anhelaba tanto poder ver a mis compañeros del colegio y a mi deseoso amor platónico, llamada «Celia», así que mis hermanas, en un acto de caridad y buena bondad para que me recuperara más rápido, decidieron invitar a mis amigos más cercanos. Celia, Lorenza y Jhon fueron algunos de los personajes que llegaron a mi casa, y para tratar de estar a su nivel, intenté comunicarme con ellos. Le dije a Celia que me gustaba mucho y que deseaba ser su novio.

Apenada y sollozante, me dijo:

—Disculpa, ¡Osman! Solo te quiero como amigo.

Esas palabras me destrozaron, pero no fui la única persona que terminó desilusionada aquel día; también Lorenza terminó devastada al enterarse de que siempre amé a Celia y no a ella.

El primer choqué con la realidad

Un día casual, después del gran logro que Vicky había tenido conmigo, me dio una noticia:

—Osman, me traslado al C. R. I. I. Teletón del Estado de México —me dijo con algo de nostalgia.

Mi corta edad y la actitud egoísta que tenía en aquel momento impedían que viera con claridad el importante suceso que me estaba compartiendo. Creo que les afectó más a mis hermanas que a mí.

Me cambiaron de psicoterapeuta por otra un poco más frívola y poco empática. Pero eso no es el clímax de este capítulo, sino más bien lo que pasó días después.

Dejé un tiempo mi escolaridad, y cuando llegó el momento de reincorporarme al plantel, lo hice.

En ese preciso instante pensé que sería el mismo Osman galán, inteligente y popular que era antes, pero no fue así. Mis compañeros se dieron cuenta de mi nuevo aspecto físico y no tardaron en ponerme apodos dolorosos. «El Choki» fue uno de los apodos que hizo Francis, un compañero de mi escolaridad, y que me dolió en lo más profundo de mi alma, siendo un detonante traumático en mi presente.

Mi complicada adolescencia y juventud

Ahora hablaré de una de las etapas más complicadas de mi existencia, que fue la adolescencia. En este nivel, todas las personas son el doble de crueles que en la primaria, porque cuando los niños dicen algo, lo hacen hasta cierto punto con inocencia. Es cierto que los papás influyen, pero cuando vamos creciendo adaptamos nuestra propia personalidad, y lo que decimos y hacemos ya va con un objetivo o una intención. Créanme que la adolescencia marcó lo que, lamentablemente, más adelante pudo haberme matado.

En realidad, no entraré en tantos detalles de este proceso porque fue muy doloroso transitar por esta cruel edad, en la que el morbo, la sexualidad, los apodos y las burlas son el pan de cada día. Recuerdo que tenía unos compañeros que abusaban de mí, llamándome y poniéndome apodos, burlándose de mi situación física, lo que más adelante me haría una persona insegura y desconfiada.

Pero no debo olvidar que este proceso fue importante para que lograra identificar qué era lo que me gustaba. Sin embargo, ante tanto caos que existía dentro y fuera de mí, más allá de ayudarme a aclarar mis gustos, originó más estigmas y prejuicios sobre lo que realmente me atraía.

Tuve una compañera muy guapa, llamada Sarahi, que prácticamente era la chica más bonita de la escuela y que marcó un antes y después en mis estereotipos de belleza física. Independientemente de lo que a mí me gustaba, ella tenía un molde europeo: era de piel clara, casi tirándole a lo amarillento, su cabello era claro, tenía una complexión delgada, rasgos extremadamente delicados y finos, y ojos claros. El único defecto de ella es que era una persona extremadamente arrogante y narcisista.

Por mi situación física, que ya les conté anteriormente, se me dificultó mucho poder entablar cualquier tipo de relación. Tal vez durante el primer grado escolar no fue tan difícil, pero en grados posteriores, cuando gran parte de los excompañeros empezaron a conformar grupitos sociales, todos los grupos a los cuales quería pertenecer me excluían.

Entre esos grupos de amigos, se encontraban «los populares», que eran aquellas personas atractivas, buenos deportistas, inteligentes y cómicos. Después estaban las «insufribles», que eran aquellas chicas que tenían problemas en casa y que los reflejaban en la escuela. De hecho, en ese grupo había una compañera que se cortaba las manos; en ese tiempo, esa acción no tenía una denominación concreta, pero en años posteriores los especialistas la llamarían *cutting*. También en ese grupo se encontraba una chica que, en mi primer año, me parecía una niña muy bondadosa y bonita, pero que, al pasar el tiempo, toda esa bondad y hermosura que reflejó en una primera instancia se convertiría en fealdad, no tanto por la cuestión física, sino por su forma de ser, ya que era burlona y déspota.

Volviendo al tema inicial, de los diferentes grupos también se encontraban los «chicos x», que eran aquellos alumnos que no se metían en problemas, eran regulares académicamente y, prácticamente eran el relleno del grupo. Pero tristemente, yo estaba incluso por debajo de la jerarquía social de ellos, pues yo estaba en el club de los «feos y nerdos».

Nely fue una buena amiga durante mi segundo grado de secundaria. Con ella reía sin parar, pasaba buenos momentos, le contaba cómo me sentía; era una buena mujer. Pero hubo un antes y un después en nuestra hermosa amistad. El cambio ocurrió en el último grado escolar, después de mi primera novia de la secundaria. Lo irónico de todo esto es que Nely no se distanció cuando pensé que lo haría, es decir, cuando le comenté sobre mis gustos o preferencias. Pasó un tiempo determinado, cuando, después de este hecho, ella se arriesgó a confesarme que se sentía atraída por mí. Intentamos tener una relación, pero esta se colapsó al pasar los días.

Cuando Nely se alejó, sentí un dolor muy fuerte, ya que ella era mi única amiga en mi grupo, y se podrán imaginar la gran soledad que pasé en mi último grado escolar.

Posteriormente, cursé mi bachillerato, una de «las mejores etapas de la vida de cualquier persona», y lo pongo entre comillas porque, si bien fue uno de los niveles más chéveres que pude haber cursado, hubo excepciones, como lo que pasó en la graduación, que más adelante contaré.

Pero primero me enfocaré de manera general y escribiré sobre las personas que conocí ahí, que por gratificación puedo llamar amigos. Primeramente, conocí a una de mis mejores amigas, que por cierto era considerada una de las mujeres más guapas de mi generación. Verónica era su nombre. Provenía de una secundaria ubicada en Ciudad de México, y por tal motivo, a mi consideración, era una mujer con mente abierta. Además de sus cualidades físicas, era muy empática. Tenía *looks* contemporáneos, siempre bien maquillada, era de piel apiñonada, ojos medio rasgados y rostro sin ningún tipo de imperfección. También tenía un cuerpo muy voluptuoso.

Actualmente es una mujer casada con su novio, a quien conoció desde la secundaria. La memoria más grata que tengo de ella es que era una excelente persona, aunque en su momento la encasillé en un concepto muy negativo por algunas diferencias que tuvimos. Pero hoy, con una cabeza más madura, puedo decir que simplemente fuimos jóvenes, y que dentro de la juventud era normal cometer errores.

Otra de las amigas que conocí fue Carlita. Era una chica muy peculiar, ya que en varias ocasiones llegó a corregirme por mi falta de memoria, pero tengo que reconocer que, a su manera, nunca, o quizá la mayor parte de las veces, no me dejó solo, a diferencia de la amiga que acabo de mencionar. Carlita era una persona más común, porque no reunía los estereotipos de belleza de mis compañeros, pero dentro de sus características y la edad que tenía, puedo decir que era muy rebelde. Recuerdo las vueltas por el kiosco del pequeño pueblo donde estudiábamos, los viajes en camión al centro de la ciudad de Puebla y otras anécdotas que tuve con ella. Por eso les comento que fue una de las personas que, en la mayor parte del tiempo, nunca me abandonó.

Actualmente es una mujer exitosa profesionalmente, con dos hijas y con un primer matrimonio fallido que la ha hecho una mujer muy radical en su filosofía y en su idea de que ninguna mujer merece a un hombre que la humille o la inferiorice.

Ahora, les hablaré de Janet, prima de mi mejor amiga, «Vero». Esta mujer, al igual que Verónica, era considerada una de las chicas más atractivas y populares de la escuela, más que nada por su personalidad y su manera de ser, debido a que era muy sociable, bondadosa y gentil. Pero su único prejuicio era su estatura, y debido a esto, ella creía que, más allá de ser una persona bonita, era una chica del montón.

Por otro lado, créanme que es muy complicado denominarla «amiga», porque una vez que encontró «hombre» fuera de la escuela, me eliminó de todas las redes sociales. Su justificación fue que su «macho» le negaba tener cualquier contacto conmigo, lo cual nunca comprendí, conociendo mi preferencia sexual. A grandes rasgos, ella fue la primera compañera en abandonar la escuela, apresurándose mucho a ser mamá. Hace algunos años la vi en una tienda departamental cerca de mi casa; me saludó de manera muy cordial y me comentó que algún día nos reuniríamos otra vez para platicar sobre las anécdotas que nunca pudo vivenciar con nosotros. Hoy en día, desconozco qué ha sido de su vida.

Rosalina, una «amiga» muy voluble y con una personalidad cambiante. ¿Por qué digo cambiante? Porque era una persona muy cariñosa y empalagosa, y al día siguiente te abandonaba cruelmente a tu suerte. Vero nunca aceptó llevarse con ella. Recuerdo que cada vez que nos reuníamos, ponía una barrera, porque según ella, Rosalina era una escuincla chantajista y oportunista, que en cualquier oportunidad aprovechaba para sacar ventaja de las personas. Eso era lo que más me impresionaba de Verónica: su buen ojo para analizar a las personas. Tal vez no era muy buena académicamente, pero era muy buena analizando a las personas, algo que, por la poca experiencia que tuve en secundaria, no pude desarrollar.

Actualmente, esa chica sigue siendo una «hija de papi» y trabaja mientras encuentra marido. No es por hablar mal de ella, pero lo veo muy complicado debido a su personalidad tan voluble.

Finalmente, Jessica, que fue una compañera con poca relevancia, con la cual no conviví mucho. Recuerdo vagamente unas charlas que tuve con ella y que le costaba mucho trabajo salir a dar una vuelta conmigo. No sé si se aburría demasiado o tenía prejuicios sobre mi persona, la verdad nunca lo entendí.

Desconozco qué fue de su vida, pero por lo que me llegaron a comentar mis amigas, es que una vez que culminó nuestro bachillerato, contrajo matrimonio y tuvo su primer bebé.

De manera general, ese fue mi grupo de amigas, que, a diferencia de la escuela secundaria, no vivíamos tan jerarquizados socialmente; en cierta parte, existía una mayor aceptación. Como te podrás dar cuenta, casi no tuve muchos amigos varones, y esto se debe a mi personalidad tan voluble y a mi descaro por el gusto hacia mí mismo género.

Otra de las grandes ventajas que tuve en mi bachillerato fue que conocí a mi mejor amigo externo, llamado Freddy. Después de la escuela nos reuníamos por las tardes en una cafetería de ambiente llamada Secret, que era nuestro lugar favorito para echar chisme, platicar de nuestro día a día, reír, tomar café o té, y también coquetear con los hombres de aquel lugar. No voy a negar que, antes de esa amistad que tuvimos, él y yo intentamos entablar un noviazgo que lamentablemente no se pudo concretar por mi inmadurez, prejuicios y complejos que tenía sobre las personas no atractivas.

Por mucho tiempo, él fue mi mejor amigo, ya que más allá de verlo como una persona común, para mí fue un paño de lágrimas, un gran apoyo, la persona a la cual le podía contar cualquier tema sin temor a ser mal visto. Él conoció a gran porcentaje de los chavos y hombres que fueron mis novios, amores platónicos e incluso mi *crush*. Por eso no puedo describir el gran cariño que le tuve y que aún le tengo.

Es cierto que de vez en cuando teníamos diferencias y fuertes discusiones, pero, al final de cuentas, casi siempre supimos manejarlas, porque me interesaba mucho contar con su amistad. A él NO dejaré de mencionarlo, porque fue una parte fundamental en los siguientes capítulos.

Antes de seguir con esta narración, mencionaré por última vez a un personaje antagonista de esta etapa de mi vida, que fue quien movió a mucha gente para irse en mi contra y que, como comenté en párrafos anteriores, causó que vivenciara uno de los peores momentos de mi vida. Fue la evidencia de la falta de cariño y apoyo que tenía por parte de mis compañeros, ya que en los ensayos de graduación fui la única persona que no recibió aplausos ni elogios por parte de ellos. Esto fue consecuencia de la mala expectativa y las malas referencias que tenían sobre mí, lo que también fue un promotor de mi inseguridad en mi educación universitaria, marcando un antes y después en el colapso de mi existencia.

Alex era el nombre de aquel compañero con quien intenté formar una relación, hasta que este pendejo (perdón por la palabra, pero no hay otra manera de llamarlo) me dijo que todo había sido un juego, que solo estaba viendo qué tan rápido caía. En ese momento no entendía por qué tanto preámbulo o manera de matizar las cosas, ya que, a fin de cuentas, él también era homosexual. Me enteré hace 3 años, cuando en una aplicación que usamos toda la comunidad gay para encontrar aventuras, noviazgos, etcétera, lo encontré.

Como mencioné, no quiero darle tanto protagonismo a este personaje tan estúpido, porque realmente no hace falta. Sin embargo, fue un anticlímax en mi vida, y aunque nadie me lo haya mencionado, aparte de las consecuencias de algunas actitudes que tenía con mi grupo, él también promovió una falta de aceptación por parte de mis compañeros hacia mí.

Intentando buscar a la persona indicada

Continuando con mi educación media superior, no es tanto para aburrirte, querido lector, sino para que puedas conocer los antecedentes o las causas que pudieron desencadenar todo este clímax, que en un momento te contaré.

No voy a negar que esta etapa fue una de las mejores, porque aprendí a experimentar una parte de mí, que no supe controlar y que abusé sin control, que fue mi sexualidad. Tuve amores platónicos, amigovios, amigos con derechos y compañeros sexuales, no daré los datos específicos, pero sí mencionaré que fueron muchos.

Trataré de ser lo más breve en este capítulo, para que podamos adentrarnos al conflicto de toda esta historia, daré un resumen general de lo que paso y las consecuencias que tuvo el poco manejo de mi sexualidad responsable.

«La adolescencia se divide en diferentes etapas: la inicial, que va de los 11 a los 15 años y se caracteriza por el despertar sexual de cada persona, en relación con los cuerpos femeninos y masculinos». En mi caso, fue difícil, ya que pasé de estudiar en una primaria donde mis compañeros eran burlones, pero hasta cierto punto respetuosos con los cuerpos propios y ajenos, a una secundaria donde la mayoría no mostraba ese respeto. Para mí, esto fue muy evidente. Además, mi entorno sociofamiliar no me permitió explorar esta parte de mi crecimiento debido al accidente que tuve años atrás. Mi familia aún me veía como un niño inocente y no entendía que ese niño estaba creciendo y tenía muchas ansias de saber más sobre su sexualidad.

«La siguiente etapa de la adolescencia, que es la media y final, abarca entre los 16 y 21 años y se caracteriza por el desarrollo de la personalidad y la definición de lo que nos gusta y lo que no, tanto en relaciones sentimentales como en amistades». En mi caso, esta fase fue conflictiva, ya que, desde niño, recibir comentarios despectivos y negativos desde el final de la primaria, pasando por la secundaria y la preparatoria, afectó profundamente mi autoestima y mi autovaloración. Sin embargo, siempre fui consciente de que también tenía cualidades físicas, como el color de mis ojos y el tono de mi piel, y traté de sacar provecho de eso. Llegué a buscar fuera de la escuela a personas que notaran esos rasgos, pero más allá de eso, intentaba satisfacer los deseos carnales que había acumulado desde el inicio de mi adolescencia, que como mencioné, no tuve la oportunidad de recibir orientación o información al respecto. No digo esto para justificarme o limpiar mi imagen, pero siento que era una responsabilidad colectiva: de mis maestros, padres, hermanos, compañeros, amigos, y, por supuesto, mía.

Conocí a muchos chicos y hombres, de entre 16 y 28 años, con los cuales mantuve una historia afectiva, romántica, de desilusión y sexual. Evidentemente algunos me aceptaban de manera muy amable y empática; mientras que otros eran unas personas muy descabelladas y grotescas, que no comprendían el daño psicológico que provocaban en mí. Entre todas estas personas, tuve parejas sentimentales muy atractivas y otras que no lo eran, evidentemente por mi búsqueda de una identidad propia y de que complacieran mis expectativas en cuanto a belleza estética, eran mis prioridades en aquel momento. Me gustaban cierto tipo de chicos, sin darme cuenta, de que únicamente me estaba afectando a mí mismo, ya que estas personas por su inmadurez eran muy groseras y agresivas conmigo, no físicamente, sino psicológicamente y más allá de fomentar y subsanar mi autoestima la dejaban por los suelos.

Algunas de esas personas buscaban mantener relaciones sexuales conmigo, al igual que yo con ellas. Debo reconocer que, durante esa etapa de mi vida, mi cuerpo pedía ser complacido en el aspecto carnal, sin tomar en cuenta las consecuencias que esto podría traer, principalmente por la escasa o nula protección que usaba en ese momento. Es decir, no utilicé preservativo con la mayoría de mis parejas sexuales. Entiendo a mis parejas contemporáneas, ya que, al tener casi la misma edad, nos daba un poco de pena ir a la farmacia y comprar condones. Sin embargo, en el caso de las personas mayores, considero que fue una situación de irresponsabilidad.

En ese tiempo conocí a un chico llamado Jorge, por una red social llamada Facebook. Jorge era una persona madura, de 28 años, y físicamente atractivo: tenía una barba que le daba un aire varonil, un cuerpo robusto, ni delgado ni obeso. Pertenecía a un grupo de danza folklórica y estaba bien dotado. Lo conocí en la iglesia principal de mi pueblo. La propuesta inicial era ir al cine, pero no voy a negar que, debido a su edad, sentía un poco de inseguridad. Sin embargo, mi deseo de estar con él era tan fuerte que traté de no enfocarme en ese prejuicio. Subimos a la combi para ir al Cinépolis de la ciudad de Puebla. En el camino, me envió un mensaje de texto proponiéndome lo siguiente: «¿Quieres contraer relaciones conmigo?». Mis sentidos de alerta se activaron de inmediato, pero mis pensamientos hormonales me traicionaron, así que acepté. Bajamos unos 10 minutos antes de llegar al centro, y él me guío hacia un motel.

Al llegar, visualmente quedé asombrado porque era un motel muy llamativo. Minutos después estábamos en el cuarto y lo comencé a besar, a lo cual se negó rotundamente, argumentando que los besos solo se los daba a ciertas personas. Actualmente puedo asegurar que eso era una falsa premisa, ya que, más allá de negarse a mis besos, se negaba a contagiarme de una enfermedad que él tenía vía oral, pero nunca me imaginé lo que pasaría después.

Me quité la ropa, él también, y no pude resistirme al deseo de que me penetrara. Primero empecé con un oral, le chupé el pene y los testículos. Luego comenzó a penetrarme, pero en ese momento sentí un ardor muy fuerte. Sin tener idea de lo que él tenía, prosiguió con el acto. Le comenté que se detuviera, pero era tanto su deseo de complacer su carnalidad que solo paró hasta que eyaculó en mí. Terminando con el acto, planificamos otro encuentro, que nunca se pudo concretar, por mi manera de ser. En esa etapa de mi vida, me sentía realizado, ya que pensaba, de manera errónea, que era uno de los mejores momentos de mi vida, sin detenerme a reflexionar en la consecuencia que trajo ese encuentro y que marcó mi presente.

Resguardo en casa por 1 año

No describiré a detalle este capítulo, porque hubo hechos que no tienen tanta relevancia. Únicamente mencionaré que, tiempo después de aquel encuentro sexual con Jorge, tuve complicaciones de salud que desembocaron en una intervención quirúrgica. A partir de ahí, TODA mi familia se enteró de mi preferencia sexual, aplicándome la ley del hielo por un gran tiempo y creando estigmas aún más grandes en mi persona. Me cancelaron el derecho a una formación universitaria por un año (en realidad, la idea original de mi mamá era impedirme seguir estudiando).

Bienvenido a la Escuela Normal Superior del Estado de Puebla

No soportaba estar encerrado tanto tiempo en mi casa. Estaba desesperado por tanta monotonía; es decir, atender el local de mi mamá, limpiarlo y lidiar con clientes que a veces eran muy groseros conmigo, simplemente no era lo mío.

En ese momento, el tiempo que dedicaba a redes sociales era muy amplio, como en la actualidad, y recuerdo que, entre tantas personas en común, encontré a una maestra a la cual le tomé mucho cariño en la educación media superior.

La maestra era muy atractiva, y tenía una gran seguridad, algo que admiraba de ella, así que decidí volver a mensajearle, y esto fue lo que pasó:

> ***Chat Osman:*** *Hola, Mtra. Vicky, ¿cómo está?*
> ***Chat Mtra. Vicky:*** *Hola, hijo, bien gracias, ¿y tú? ¿Cómo has estado?*

Fui sincero con aquella maestra y le comenté que estaba frustrado de estar en casa, sin poder ver a nadie, ni siquiera poder hacer algo por mí mismo.

> ***Chat Mtra. Vicky:*** *Hola, hijo, disculpa por responderte apenas, pero tengo mi agenda un poco ocupada. Por cierto, hace tiempo me comentaste que querías ser maestro, ¿aún estás interesado?*

Cuando leí este mensaje, la vida me volvió en sí. Me dio tanta alegría saber que esta noticia podría cambiar mi presente y mi futuro. De manera inmediata, le respondí que sí. En ese preciso instante, me citó en la Escuela Normal Superior del Estado.

Estaba muy contento, pues la maestra Vicky me brindó una esperanza para poder ingresar a la Escuela Normal. Fue una verdadera tortura llegar a esa escuela. Primero, busqué la ropa más formal y menos vieja que tenía en mi ropero; encontré un pantalón de vestir negro que me quedaba muy bien, ya que me resaltaba las pompas, y una camisa color morada que realzaba el tono de mi piel. Planché la ropa para, posteriormente, entrar al baño y tomar una ducha. Me peiné como lo hacía habitualmente, es decir, de lado, y me coloqué un poco de perfume que tenía de reserva.

En ese mismo instante, mi mamá me preguntó a dónde iba tan arreglado, ya que estaba acostumbrada a verme fachoso.

—Voy a ver a una maestra, ya que me quiere ver para platicar —dije en un tono algo tímido.

—¿A dónde? —preguntó ella, en un tono desafiante.

—¡Tranquila, ma! —le respondí—. Solamente la voy a ver en el bachillerato.

Mi madre hizo una mueca de inconformidad, pero, al final, me dio autorización.

Tomé el autobús fuera de mi casa para que mi mamá no sospechara. Bajé en la iglesia principal de mi pueblo y, de ahí, tomé un taxi que me llevara a dicha escuela. Debo aceptar que fue mi error, ya que pensé que la Escuela Normal donde trabajaba la maestra Vicky se encontraba en Cholula, lo cual no fue así.

Al llegar, me dirigí al policía de la entrada y ocurrió lo siguiente:

—Hola, buenos días. Vengo a buscar a la maestra Vicky —dije, y al terminar el enunciado, ellos me quedaron viendo con una cara de asombro—. Ella me informó que les dijo a ustedes que me dieran autorización para pasar.

—¿A quién buscas? —contestó uno de los policías.

—A la maestra Vicky, ella trabaja aquí —respondí.

—¿Apoco? —contestó uno de los policías de manera sarcástica—. Déjame la localizo.

—Está bien, muchas gracias.

Mientras todo esto ocurría, decidí marcarle a la maestra Vicky para comentarle la situación que estaba pasando. Ella se sorprendió y me comentó que bajaría para recibirme.

—¡No!, pues no mi chavo, no la localizamos —contestó uno de los policías, riéndose.

—No se preocupe, ya me comuniqué con ella y me dijo que ahorita venía para recibirme —respondí, apenado por la situación.

De repente, me entra la llamada de la maestra Vicky y me pregunta sobre mi ubicación. Le describí el lugar con lujo de detalle, y ella, sorprendida, me dijo que me había equivocado de lugar, ya que me encontraba en la Normal Federalizada de Cholula, mientras que ella trabajaba en la ENSEP, ubicada en el centro de Puebla. En ese momento me sentí como un verdadero estúpido por no haberle preguntado antes la ubicación exacta. Me disculpé con la maestra y le dije que ya iba para allá.

—Disculpen, policías, hubo un malentendido, me equivoqué de Normal —dije, muy apenado por la situación.

—No te preocupes, hijo, hasta luego —respondió uno de ellos, pero apenas me retiré, comenzaron a carcajearse.

Caminando por la avenida, meditando y reflexionando sobre lo ocurrido, vi un taxi y le hice la parada. Al subir, le expliqué que quería ir a una Normal, pero que no sabía exactamente dónde estaba, solo que me habían dicho que estaba en el centro de la ciudad. El taxista, seguro de la situación, me llevó al destino.

Cuando llegué, debo admitir que me sorprendió mucho la fachada del edificio. Observé que era una construcción vieja y descuidada. Toqué la puerta de entrada, y me recibió un policía. Le expliqué que estaba buscando a la maestra Vicky; él rápidamente asimiló la situación y me permitió el acceso. Agradecí y, de inmediato, pregunté sobre la ubicación de la maestra.

—Subes las escaleras a mano derecha y te diriges al aula de cómputo —dijo el policía, con una voz intimidante.

Al entrar, me quedé pasmado por los castillos de concreto en esa edificación. Más que una escuela, parecía una casa del terror, por lo descuidada que estaba. Observé a muchos jóvenes con sacos negros, lo cual los hacía verse muy formales. Llegué a las escaleras, que parecían la entrada a un museo, y subí agarrado del barandal. Con mucho temor, le pregunté a uno de esos chicos con saco sobre la ubicación del aula de medios. Muy amable, el joven me explicó con detalle dónde se encontraba, así que me dirigí con más facilidad hacia allá.

Al llegar al salón, vi a un maestro con un rostro muy fuerte y un cuerpo sobresaliente, al cual le pregunté sobre la ubicación de la maestra Vicky. De repente, escuché esa voz grave, característica de mi exmaestra.

—Hola, Osmarcito, ¿cómo estás? Te perdiste, ¿verdad, chamaco? —me dijo, con una cara de disgusto.

Ingresé al salón, mientras le explicaba la situación que había pasado. Ella me ofreció una silla para sentarme y charlar un momento con ella. No platicamos nada relevante, así que nos dirigimos hacia el salón de administración de la Escuela Normal, y ahí me presentó con el maestro Enrique.

La maestra Vicky le pidió de favor al maestro Enrique que me asesorara respecto al proceso de selección y admisión a la Escuela Normal, y luego se retiró diciéndome que nos veríamos después.

El maestro Enrique me explicó que, para poder estudiar la carrera de docencia, tenía que estar en un curso propedéutico, el cual ya había iniciado, pero que en mi caso no importaba, ya que yo era recomendado por la maestra. Fue muy enfático sobre la selección de aspirantes, comentando que, para poder ingresar, tenía que aprobar los exámenes, tanto el virtual como el estandarizado o escrito. Si lograba obtener un buen puntaje, sería considerado para ser miembro de la escuela. También me habló sobre el pago anual de inscripción, y debo admitir que me sorprendí del elevado costo. Como conclusión, me dio un folleto con la información de admisión.

En ese preciso momento, entró un chico muy guapo: tenía el cabello quebrado, piel limpia, delgado y de muy buen ver. Me distrajo bastante, pero iba acompañado por una señora, que imaginé era su madre, y no me atreví ni a saludarlo. Agradecí al maestro Enrique y me retiré para despedirme de la maestra Vicky.

Me sentía muy contento por esa oportunidad que me estaban ofreciendo, pero también estaba muy preocupado, ya que no sabía cómo decirle a mi mamá que quería dedicarme a la docencia. Me esforcé mucho estudiando para poder aprobar los exámenes. Como era costumbre, le compartí la noticia a mi mejor amiga, y mientras lo hacía, le pedí un consejo, pues me encontraba bastante confundido. Estaba muy atormentado, ya que mi principal pregunta era: ¿cómo poder escaparme de mi casa sin que mi mamá se diera cuenta.

—Mira, Osmi, mañana te levantas súper temprano, tomas una ducha, te preparas algo para almorzar, te vas a la escuela y tomas el camión —me dijo con mucha seguridad.

—Pero ¿y si se da cuenta? ¿Y si me llama? —pregunté con mucha preocupación.

—Tienes razón, bueno, en ese caso dile que vas al centro a comprar algunas cosas —intervine, argumentando que sería muy temprano.

—En ese caso, dile que tienes que ir a una tienda que cierra temprano y que vas a comprar algo muy importante que solo venden en las mañanas.

—¿Qué cosa? —pregunté.

—No lo sé, dile que algún libro o algo que uses con mucha frecuencia

Los consejos de mi amiga no me sirvieron de mucho, pero lo que en ese momento agradecí fue su intención.

«Mi príncipe azul», llamado Lois Fernando

¡Estimado lector!

Trataré de describirte aquella experiencia que tuve cuando lo conocí a él. Te invito a que te coloques unos audífonos y reproduzcas la canción *Volaré* de Gipsy Kings. De antemano sé que lo que sentí es algo subjetivo, pues solo lo sentí yo; pero espero que con las siguientes palabras puedas ponerte en mis zapatos y comprender mis emociones.

Me levanté como de costumbre, tomé un baño y, antes de vestirme, bajé a desayunar y a prepararme unos sándwiches para no tener hambre en la escuela. Me puse la ropa que seleccioné un día antes: un pantalón de vestir negro y una playera de color morada. Algo parecido al día que fui a ver a la maestra Vicky (no tenía mucha ropa bonita). Salí temprano de mi casa, tomé el camión como de costumbre y me fui de pie dentro de la combi, hasta llegar al centro de la ciudad de Puebla. Caminé por la 11 Sur de manera muy rápida, ya que parecía un lugar muy tétrico, sin gente y sin alguien a quien acudir si me llegara a pasar algo.

Llegué a la puerta de madera de la Escuela Normal, donde me encontré nuevamente con el guardia de seguridad.

—¡Buenos días! —dije con una voz temblorosa—. Vengo a tomar unos cursos propedéuticos, pero la verdad no sé en qué salón es.

Sin verme a los ojos, contestó:

—Subes las escaleras a mano derecha.

—¡Muchas gracias! —respondí.

Estaba muy nervioso, ya que eran las 8:40 a. m. y debía haberme presentado a las 8:00 a. m. Abrí la puerta y noté que la maestra ya estaba dando su clase. Interrumpí, preguntándole si podía pasar, y me dijo que sí, sin contestar con palabras, solo haciendo gestos y expresiones físicas.

La maestra Alejandra me indicó que tomara asiento, lo cual asimilé rápidamente. Al ver a mis compañeros y compañeras, quedé pasmado, ya que había muchos que me parecían atractivos.

Recuerdo que la maestra Alejandra propuso una dinámica para romper el hielo. Consistía en escribir nuestro nombre en una hoja de papel y, con una canción algo ridícula, decir el nombre de otro compañero para que se presentara.

Dieron las 11:00 a. m. y llegó la hora de almorzar. Todos salieron en parejas, tríos e incluso en grupos para desayunar. Me encerré en mi burbuja y salí a almorzar en el barandal. Cuando terminé, me acerqué a una compañera llamada Laura y traté de socializar un poco con ella. Estaba acompañada por otra chica algo antipática, a la cual todos le decían Karina.

—Hola, ¿puedo sentarme aquí? —pregunté muy nervioso a Laura.

—Ajá —respondió aquella mujer de sonrisa pronunciada.

Ellas seguían hablando de sus asuntos, y yo solo me dispuse a escucharlas.

¡¿Han sentido la hermosa sensación de creer gustarle a un chico solo con verlo?!

¿O de haber conocido a ese amigo que creían que duraría para toda la vida?

Algo similar sentí al conocer a este muchacho.

—¡Hola! ¿Cómo te llamas? —preguntó aquel chico tan guapo, pero muy mal vestido.

—Osman —sonreí por el interés y la calidez de aquel chico.

—¿Y tú? —pregunté con algo de coquetería.

—Lois Fernando. ¡Mucho gusto!

De pronto, estrechó mis palmas (estaba temblando de emoción). Continuó diciéndome que tenía unos ojos muy bonitos, con unos ademanes de niño pequeño, lo cual me ganó el corazón de un momento a otro.

—Cuando hagamos una fiesta en un balneario, ¿gustas acompañarnos? —me preguntó, justo cuando de repente llegaron sus amigos, con un aire de egocentrismo, a hablar con él.

Terminó el descanso, pero antes de entrar al salón me dirigí al baño a hacer algunas necesidades. De repente, vi al chico más guapo que jamás había visto: tenía unos ojos tan profundos, era delgado, de cabello quebrado y vestía como todo un príncipe.

Entré al sanitario y sonreí por el deseo de entrar a esa Normal y formar parte de sus miembros.

Regresé al salón de clases, y mientras continuaba la sesión a cargo de la maestra Alejandra, observé que tenía compañeros con una inteligencia tan brillante que me apenaba incluso participar. Cuando la maestra nos formó para trabajar en equipos, noté que Fernando me miraba de una manera singular, y yo correspondía a esas miradas.

Dieron las 3:00 p. m., la hora de preparar las cosas para salir, pero antes le pedí a la compañera que se sentaba a mi lado si me podía compartir sus apuntes.

—¡Qué pena!, a ver si le entiendes a mi letra —dijo, riendo y coqueteando al mismo tiempo.

Agradecí, y me preguntó mi nombre.

—Osman —respondí.

—Jessica, mucho gusto —dijo, y de pronto se despidió, argumentando que se tenía que ir.

Me dirigí al baño nuevamente y, en el pasillo, me encontré con aquel chico tan guapo, acompañado de una compañera. Rápidamente deduje que era heterosexual, así que preferí hacerme a un lado y no ilusionarme estúpidamente.

Al salir de la Normal, me topé nuevamente con Jessica, la chica de los apuntes.

—¿Me puedo ir contigo? —me preguntó con algo de coquetería.

—Claro. ¿Pensé que ya te habías ido? —pregunté.

—Tenía que irme con unas compañeras, pero me dejaron plantada —me dijo, algo enojada.

—¿Te ayudo con tu mochila? —le ofrecí, y ella aceptó y agradeció.

—¡Sabes, eres muy guapo! —me dijo, sonrojada.

—¡Gracias, tú también lo eres! —respondí, también sonrojado.

Después de una larga caminata juntos, se despidió con un beso en la mejilla.

Era tanto mi deseo por entrar a la Escuela Normal que, después de mi primera clase en el curso propedéutico, le puse demasiado empeño, estudiando hasta el cansancio para ocupar un lugar dentro de aquella Normal. El dolor que viví en carne propia en mi secundaria y bachillerato me obligó a guardar las apariencias por un corto tiempo frente a los demás.

Era una noche cualquiera, del mes de julio. Estaba en la recámara con mi madre. A mis 21 años, aún dormía con ella, ya que, siendo el hijo menor, tenía que aceptar sus normas. Lo que te narraré a continuación es cómo fue el proceso de decirle a mi mamá que quería dedicarme a la docencia.

—¡Mami! ¿Te puedo decir algo? —le pregunté con una voz tranquila y serena.

—¿Dime? —me contestó ella, con un tono inquietante.

—Pero ¿no te vayas a enojar? —dije en un tono bajo e inseguro—. Quiero ser maestro.

—¿Qué? ¡Estás loco! —contestó, alterada—. ¿Y el local? ¿Qué va a pasar con él? ¿Quieres que se lo deje a tu hermano?

—No me hace feliz estar aquí, ¡me siento encerrado y considero que puedo aportar más! —respondí, algo deprimido.

—Lo que tú quieres es andar de libertino con tus amiguitos. ¿Acaso quieres que te pase lo mismo que hace un par de años? —me dijo con unas cuantas lágrimas en el rostro; era evidente que le afectaba lo que le estaba diciendo.

—No va a pasar lo mismo que me pasó anteriormente. Yo sí voy a ir a estudiar para ser alguien en la vida. ¡Quiero lograr cosas por mi propia cuenta, sin depender de nadie! Pero la verdad, en tu local siento que me voy a limitar. Además, la maestra

Vicky me hizo el favor de aceptar mis papeles, cuando ninguna otra escuela los quería.

Cerramos la conversación con una frase icónica de mi madre:

—Ya duérmete. Mañana lo platicamos.

Creo que durante esa noche, ninguno de los dos dormimos nada bien.

Al día siguiente, durante una de nuestras típicas charlas familiares, mi mamá les comentó a mis hermanos sobre mi idea de ser maestro. De inmediato, los comentarios y las disputas salieron a la luz. Mi hermana Eva fue la primera en atacarme con sus comentarios hirientes, reflejando su gran inseguridad.

—¿Por qué quieres ser maestro? —me preguntó en un tono desafiante, como casi siempre lo hace.

—Es algo que me gusta. Además, es algo que puedo hacer, no implica un esfuerzo muscular o físico —respondí a su duda.

—¿Sabes el miedo que le puedes causar a los niños? —me dijo en un tono alterado, para hacerme sentir mal, y lo logró en ese instante—. Ser maestro implica relacionarte con niños o chicos que te van a hacer burla por tu condición física. Además, no sabes lo difícil que es conseguir empleo. Ahora bien, ¿crees que tu defecto físico provoca seguridad ante la gente?

Debo admitir que las palabras de mi hermana me afectaron demasiado en su momento. Sin embargo, ahora comprendo que era su manera de desahogarse, ya que tenía muchos resentimientos acumulados por lo difícil que le fue encontrar un nombre y un prestigio en un **PAÍS MACHISTA Y OPRESOR**.

Después de esas palabras, mi hermano Anthony intervino. De manera resumida, dijo que, si yo quería ser maestro en vez de contador para quedarme en el negocio, era mi decisión, y que debían respetarla.

Al final de cuentas, mi mamá aceptó, dándome la oportunidad de seguir adelante con mi meta de ser docente, pero me advirtió que tendría que trabajar con ella para pagarme la inscripción y todo lo que implicaba seguir estudiando.

Tuve la fortuna de presentarme únicamente a una clase del curso propedéutico, ya que, posteriormente, presenté los exámenes y los aprobé. Es decir, fui aceptado para poder estudiar en la escuela de mis sueños.

Pero no quiero aburrirte con esos detalles, así que me centraré en contarte los momentos que viví con él.

Después de entregar mi documentación al maestro Enrique, fui al aula de medios a visitar a la maestra Vicky para informarle sobre mi aceptación en la escuela. De repente, me topé con Laura, Karina y Fernando.

—¡Wey, no mames! No pasé el puto examen —escuché decir a Laura en tono eufórico.

—¡No mames! Yo tampoco, me faltaron 120 puntos, pero es una estafa el pinche examen. Porque, por la poca matrícula de alumnos, deberían aceptarnos —respondió Fernando.

Me quedé un momento escuchando la conversación, cuando de repente Fer me preguntó cómo me había ido en los exámenes. Le respondí que bien, que por suerte había aprobado con buen promedio y que ya estaba inscrito en el plantel.

—Órales, ¡qué chido! No, pues nosotros nos vamos a quedar todavía a gestionar esta situación. ¿Ya te vas? —me preguntó en un tono demasiado amable.

—Si gustan, los puedo acompañar —ofrecí.

—¡Va, que va! Un compañero más dentro del club —me comentó en ese tono empático que solo él tenía.

De pronto llegaron otros chavos que, la verdad, desconocía, pero que al parecer él sí conocía. Les propusieron ir a alcanzar a otros compañeros en la fonda que estaba detrás de la escuela para ir a comer.

—¿Gustas venir?

—Claro, pero no creo tardar tanto tiempo, porque mi mamá me está esperando en casa.

—Entiendo, no te preocupes, comemos y después te acompaño a tu parada.

—No, ¡cómo crees!

—En verdad, descuida, no te compliques.

Decidí acompañarlos a comer, y cuando llegamos al lugar, había una mesa repleta de varios estudiantes que querían ser maestros. En ese preciso momento, comenzaron a echar relajo; tenían una forma muy particular de llevarse entre ellos, lo cual preferí evitar para no generar malentendidos.

Una vez que terminaron de comer, el grupo se fue dispersando. Al ver que Laura se retiraba, opté por irme con ella. En ese momento, Lois me siguió y se ofreció a acompañarme hasta mi parada. Le respondí que no era necesario, que mejor se quedara en la escuela para atender sus pendientes. Sin embargo, él me pidió que lo esperara a que le dieran una respuesta respecto a su problema. Al final, acepté porque sabía que, estando con él, podría recibir la amistad, el cariño y el apoyo que tanto necesitaba.

Mientras esperábamos la respuesta de los altos mandos, comenzamos a dialogar un poco sobre la especialidad que había elegido para estudiar. Le respondí que había seleccionado la especialidad de Telesecundaria, y le hice la misma pregunta. Me dijo que él había elegido la especialidad en Historia, pero que por mí se cambiaría a Telesecundaria. Sus palabras me reconfortaron, y por un momento creí que era alguien importante para él, e inevitablemente comencé a ilusionarme con lo que podíamos llegar a ser.

Después de su arduo trámite burocrático, recuerdo vagamente que la directora del plantel les comentó que les daría una segunda oportunidad en una fecha diferente. Rápidamente, su semblante cambió, y minutos después, ambos estábamos felices y tranquilos.

Caminamos hacia mi parada, pero para no perder el toque romántico de aquella situación, decidí hacerlo pasando por el parque del Gallito.

—¿Dónde tomas tu camión? —me preguntó mientras sonreía, a lo cual respondí de inmediato.

—Lo tomo en el Mercado de Sabores, pero si quieres, puedes dejarme aquí en el parque y regresarte, para que no camines tanto.

—No, para nada, cómo crees. Te vayan a robar y te van a quitar esos ojos tan hermosos que tienes.

Cuando me dijo eso, me sonrojé y me sentí tan idolatrado.

—¡Cómo crees!, pero gracias de todos modos —le respondí, sonrojado.

Me complacía tanto estar con él y escucharlo hablar, ya que tenía un dominio impresionante de la palabra. Podía hablar de un sinfín de temas y nunca aburrirte. Al llegar a la parada de mi camión, nos despedimos con un «chócalas» de heterosexuales. En el trayecto hacia mi casa, mi mente comenzó a llenarse de ilusiones a su lado.

Pasaron los días muy rápido, y cuando llegó la fecha de inicio de clases, me encontraba muy emocionado. Sabía que, indudablemente, este sería el comienzo de una nueva etapa. Siendo las 12:00 m., me dispuse a prepararme para ir a la universidad. Tomé el camión rumbo a Puebla, bajé en la terminal del Mercado de Sabores y caminé un pequeño trayecto por la 11 Sur, hasta llegar a mi Normal.

Llegué algo temprano, ya que había muy pocos compañeros de mi especialidad. Sin embargo, compañeros y compañeras de otras especialidades comenzaron a ingresar a sus respectivas aulas. Durante ese periodo, el maestro Enrique nos comentó que aún estaban organizando la planta docente de nuestra especialidad y que no teníamos maestros ni salón asignado, por lo cual nos dieron la tarde libre.

El grupo de la especialidad de Telesecundaria se separó, ya que aún no nos conocíamos del todo bien, pero me quedé con Lois Fernando, y decidimos dar una vuelta por la escuela. Mientras caminábamos, compartimos algunas palabras:

—¿Cómo ves la organización de nuestra especialidad? —me preguntó en un tono algo disgustado.

—Muy mala, deberían anticiparnos —respondí con una sonrisa (me encantaba estar con él, y cada minuto a su lado era inolvidable).

Subimos a la segunda planta, para que pudiera conversar con algunos de sus amigos. Mientras esto ocurría, él no dejaba de presumir mi mirada ante sus diferentes círculos sociales. Esa simple acción incrementaba mi autoestima y mi ego, haciéndome sentir importante ante los demás y muy apreciado por él.

Dieron las 4:00 p. m., y ya era hora de comer, le comenté a Fernando si me acompañaba, y su respuesta fue afirmativa. Salimos al parque del Gallito y fuimos por unos tacos, que muy amablemente él invitó.

—¿Quieres un pan? —me preguntó.

—Como quieras —le respondí.

—¡Vamos, pues!

Díganme, ¿cómo no enamorarse de este tipo de atenciones? Es inevitable no hacerlo, ¿no creen? Lois Fernando es dos años mayor que yo, tiene una cara ovalada, una barba encantadora, piel moreno claro, una sonrisa majestuosa, es varonil en toda la extensión de la palabra, con cabello oscuro y ondulado, y una personalidad embriagadora. Un verdadero prospecto de HOMBRE IDEAL.

Al principio traté de guardar las apariencias con él, pero su manera de ser me daba toda la confianza del mundo para abrirme y compartirle toda mi información personal sin ningún temor a ser rechazado.

Créanme que, al principio, mi aspiración era tener una amistad hermosa y duradera con él, pero indudablemente las circunstancias jugaron en mi contra, pues caí rendido ante sus encantos y terminé perdidamente enamorado de aquel regiomontano.

En una de nuestras tantas tardes libres, estábamos sentados en una maceta de cemento que sostenía las grandes bases de concreto que formaban nuestra Normal. Fue entonces cuando decidí confesarle mi preferencia sexual.

—Lois, ¿recuerdas que te había comentado anteriormente de una novia que tenía? —le dije en un tono apenado.

—Sí, claro. ¿Por qué? ¿Me la quieres presentar? —respondió, riendo.

—No, nada de eso. Es que, la verdad, no es mujer.

Hizo una cara de asombro, de esas expresiones que solo él podía hacer.

—Entonces, ¿quién es? ¿Acaso es un marciano?

Cada chiste o parodia que hacía me llenaba de vida, pues provocaba que me olvidara de todo el mundo.

Le respondí:

—Es que es un niño. Tengo novio.

Enseguida me interrumpió y me dijo que no me preocupara, que él era bisexual, pero que sentía mayor atracción por los hombres.

Le formulé otra pregunta:

—¿Te gusto?

—Tal vez —respondió con esa sonrisa que derrite a cualquiera.

Seguido de esa conversación, le invité un café para demostrarle que también me gustaba. Lo llevé al café-bar Secret. Una vez ahí, le pregunté si había ido antes, a lo que me respondió que sí, pero solo una vez. Charlamos un rato.

Aprovechando el lugar y la ocasión, no dudé ni un segundo en demostrarle que también me gustaba, y comenzamos a besarnos de una manera tan apasionada.

Una vez concluida mi demostración de afecto hacia Lois, salimos hacia la catedral y estuvimos un rato juntos. Mientras estábamos ahí, un vendedor ambulante se acercó a mí y me ofreció una flor, la cual rechacé para no causarle tantos gastos a Fernando.

Después de ese tiempo compartido, decidimos regresar a la escuela para luego irnos a nuestras casas. Mientras caminábamos, él se ofreció a llevarme hasta mi parada. Algo que me sorprendió mucho fue que se quedó esperando hasta que mi camión salió rumbo a casa. Minutos después, me llegó un mensaje suyo:

«Me avisas cuando llegues, te quiero mucho».

El instante que cambió una linda historia de amor

Si no me falla la memoria, el jueves de la primera semana de clases se presentó la Mtra. Alejandra Galindo, quien sería nuestra docente encargada de la asignatura *Escuela y contexto social*. Me encontraba muy nervioso, ya que era la primera clase que tomaba después de un año sin acudir a la escuela. La actividad que ella ejemplificó fue de presentación: dimos nuestro nombre, alguna característica personal y algún gusto o *hobbie*. Todos pasamos en orden, y cuando me tocó a mí, una compañera hizo un comentario elogiando el color de mis ojos. Esta chica sería la antagonista de una situación dolorosa en mi historia.

Al terminar la clase de la maestra Galindo, se presentó otro maestro, al que todos conocían como Cacique. Este profesor ya tenía varios años de antigüedad y una manera de pensar ortodoxa. Por lo que pude observar, era una persona muy apasionada por su profesión. Lamentablemente, mis compañeros no lograron ver el cariño que él sentía por su labor y, más adelante, optaron por cambiarlo debido a su actitud un poco homofóbica. Una vez terminada la jornada de clases, decidimos guardar nuestras cosas y partir hacia nuestras respectivas paradas.

Querido lector, como ya te había comentado, Lois Fernando tenía la costumbre de irme a dejar todas las noches a mi parada. Pero en esa ocasión quise romper la rutina y decidí escabullirme con él entre los árboles del parque del Gallito. En uno de esos árboles, que en cierto momento amé, me detuve e intenté detener el tiempo mientras charlábamos de nosotros dos y de nuestro futuro. Sin pensarlo dos veces, comencé a besarlo, y él me respondió de la misma manera (cuando lo besaba, obviamente tenía erecciones involuntarias, porque me gustaba demasiado ese regiomontano. Es gracioso, pero en ese preciso instante también sentí algo en mi estómago y, sin pena, escribo que él también tuvo una erección).

De repente, me dijo:

—Te amo —con una mirada llena de lujuria.

¡Maldita sea! Cometí mi primera estupidez.

¡Tranquilos!, no hice nada indebido, pero me arrepiento de no haberlo hecho.

—¡Lois Fernando!, no crees que vas muy rápido —comenté en un tono suave y algo triste—. La verdad, no quiero que esto termine mal, por eso desearía que fuéramos más despacio, para conocernos mejor y llevar una buena amistad y convivencia, para que en el transcurso de los cuatro años que estaremos juntos podamos tener un bonito recuerdo...

No saben cuánto me arrepiento de esta reverenda idiotez. Por culpa de mis putas inseguridades y temores todo terminó como nunca quise que concluyera.

Actualmente, comprendo que la culminación de esa relación no fue totalmente mi culpa; que, si él hubiera tenido la iniciativa de seguirme conociendo, todo habría terminado de manera diferente. Pero a mis 21 años pensaba de manera distinta, y muchas veces me culpé de lo que sucedió aquella noche, a la que llamé «LA NOCHE TRISTE».

Como era de esperarse, el comportamiento de Lois Fernando hacia mí cambió de manera radical. Hice tantos intentos inútiles por recobrar su cariño y afecto que comencé a perder lentamente mi propia dignidad.

En esta historia, no pienso hablar mal ni bien de los terceros que intervinieron en esta «novela», pero debo admitir que, en un momento determinado, me hicieron mucho daño con sus críticas, comentarios, indiferencia y, en algunos casos, actitudes violentas hacia mi persona. Hubiera sido de gran apoyo que, en lugar de haberme transgredido, me hubieran brindado su ayuda. Sin embargo, algo que he aprendido es que el «hubiera» no existe.

En varias ocasiones le demostré a Lois Fernando mi cariño y afecto, e incluso fui incondicional en distintas situaciones. Por ejemplo, durante mi estadía en la Escuela Normal, preparaba en casa algunos sándwiches clandestinos para que pudiéramos comer juntos, e incluso llegué a elaborar agua de sabor para que no tuviera sed. En fin, me comporté casi como su segunda madre o segundo padre. Eran mis formas de demostrarle mi amor.

Quiero que comprendan que, en mis niveles escolares anteriores, sufrí tanto abuso emocional por parte de mis compañeros que, al conocer a una persona como Fernando, para mí fue como un ángel. En cierta medida, y más allá de todo lo que ocurrió posteriormente, con él me sentía muy bien. Lo único que quería era tratar de recobrar a esa hermosa persona que conocí en un principio.

El beso destructivo

Me viene a la mente uno de los momentos más tristes y dolorosos que viví durante mi estadía en la escuela Normal.

Fuimos a dar una vuelta al zócalo de Puebla, aprovechando que aún no teníamos clases, ya que los administrativos seguían organizando nuestra planta docente. Se rumoraba que ningún docente del plantel quería impartirnos clase. Noté cierto aburrimiento en su rostro. Le pregunté si todo andaba bien, a lo que respondió que sí, que solo estaba algo cansado. Decidimos regresar al famoso Parque del Gallito, el cual estaba a un costado de nuestra escuela. Sentados en una butaca, viendo pasar a la gente, Fernando parecía desesperado de tanto aburrimiento, deseando estar en otra parte, mientras yo solo deseaba estar con él.

De repente, le llegó un mensaje de su amigo Nuel, invitándolo a convivir con nuestros compañeros y compañeras del grupo.

—Dice Nuel que vayamos a alcanzarlos, que están en Litrox —dijo; Litrox era un bar-botanero económico, frecuentado por universitarios que iban a convivir y relajarse.

—¿Quieres ir? —le pregunté en un tono que dejaba entrever mi rechazo.

—Pues sí, para que nos empiecen a conocer y llevarnos bien con ellos.

—Si quieres, vamos.

En el fondo, sabía que algo terrible iba a pasar; por eso, mi subconsciente había optado por no ir.

Llegamos al lugar. Era pequeño, oscuro y, a simple vista, parecía un lugar de mala muerte; la música estaba a todo volumen, sonaba banda, y el ambiente era animado. Se escuchaban risas y gritos, lo que indicaba que algunos de ellos ya estaban enfiestados.

Bajamos por unas escaleras, y ahí se encontraban nuestros compañeros de salón, induciéndonos a él y a mí al vicio del alcohol. Para Lois Fernando no era extraño, pues conocía a la perfección ese tipo de relajo. En cambio, para mí, todo era completamente nuevo y desconocido.

Jos Chantla destapó una botella de cerveza y me la ofreció. En ese instante la rechacé, ya que no estaba acostumbrado a tomar. Fernando me dijo que la aceptara, argumentando que no fuera grosero. Así que la tomé, mientras observaba el relajo de mis compañeros.

Posteriormente llegó el momento cachondo, es decir, cuando mis compañeros y compañeras empezaron a besarse entre ellos. Se proponían nombres para participar en la sesión de besos y fajes. Algunos decidían aceptar el juego, y la mayoría lo asumía sin problema.

—Sonia y Fernando —escuché que proponía una compañera. Los demás apoyaban el reto, mientras yo, incrédulamente, imaginaba que, por respeto a mí, él lo rechazaría (qué estúpido era en aquel momento).

Entonces alguien gritó:

—Pero Osman se va a encelar.

Obviamente, para guardar las apariencias, negué todo. Antes de aquel beso que me quebró, hubo un poco de coqueteo entre ellos, pero a fin de cuentas, se realizó. Me dio mucho coraje ver cómo ambos disfrutaban de aquel beso tan apasionado. Mis emociones se rompieron, y lo que más deseaba era bofetear a aquel hombre.

Se acercó a mí y me dijo:

—Tranquilo, solo fue un reto.

Sin dudarlo dos veces, me retiré de aquel lugar, imaginando que él iría detrás de mí para darme una extensa explicación. Pero ese momento nunca llegó.

Sinceramente, me cuesta recordar si en esa ocasión me solté en llanto o no, porque con la cantidad de veces que él me hizo llorar, hay momentos que mi memoria trata de borrar para aliviar el dolor emocional que sentía en ese entonces.

Sonia, sintiendo cierta culpabilidad por lo sucedido, se disculpó conmigo, argumentando que no sabía que entre Fernando y yo había algo más que amistad. Me dijo que, si seguía con él, lo pensara dos veces, ya que se había dado cuenta de que el sentimiento no era recíproco entre Lois y yo. Acepté su disculpa, pero, en el fondo, seguía muy dolido por su acción, ya que anteriormente le había comentado que alguien del salón me gustaba con locura.

Algo que admiro de mi propio género, y que me cuesta manejar incluso a mis 29 años, es la capacidad de controlar las emociones y reflejar ante los demás un control impecable. Describo esto porque fue exactamente lo que él hizo ante los demás. Después de aquel beso, cuando estaba charlando con Sonia, él pasó con una sonrisa en el rostro, demostrando que nada había sucedido.

Dieron las 8 de la noche, y sabía que era momento de preparar mis cosas para irnos a nuestras respectivas paradas y tomar las combis que nos llevarían a casa. Debo admitir que mi mente ha borrado ciertos recuerdos como una forma de autoprotección, ya que fueron bastante dolorosos para mí.

Tomé el transporte hacia mi casa, desconectándome del mundo real y sumergiéndome en mi propio mundo imaginario, intentando huir de mi cruel y fría realidad. El trayecto del transporte me llevó hasta mi hogar. Regularmente, siempre bajaba en la parada del semáforo del kilómetro 8, pues ahí vivo, pero necesitaba urgentemente desahogarme con alguien, y sabía que mis cuatro paredes no eran el lugar adecuado para hacerlo. Así que continué una parada más para visitar a mi amiga Nataly Kristy y contarle lo que me había sucedido.

Mi amiga me escuchó y me brindó el cariño que tanto necesitaba en aquel momento. Estuve llorando durante aproximadamente media hora por la espantosa situación que había vivido. Varias veces acudí a la casa de mi amiga Nataly para que me escuchara y me permitiera desahogarme. Me siento apenado con ella porque, cada vez que iba a quejarme y lamentarme por las acciones que Fernando cometía conmigo, SIEMPRE terminaba perdonándolo.

Realmente, parecía una mujer de esas que el marido puede golpear, pisotear e insultar, y siempre que él se arrepiente, llegando con un ramo de flores o con un par de promesas falsas, opta por brindarle un sinfín de oportunidades.

La primera y última vez que hice el amor con Lois Fernando

Querido lector...

¡Ponte cómodo!, porque a continuación te contaré uno de los momentos más eróticos y excitantes que había vivido hasta ese momento de mi vida, y que sinceramente, después de haber estado en la intimidad con tantas personas, no he podido encontrar a alguien como él.

La noche anterior a ese día estuve charlando con él, como de costumbre, y entre mis pensamientos prohibidos estaba Lois Fernando. Ya anteriormente había sentido su miembro erecto contra mi estómago, y solo pensar que podía ser mío hacía inevitable que sintiera placer. Volviendo al tema, le propuse a Fernando que fuéramos a un lugar más privado para poder estar a solas. Al principio lo noté un poco indispuesto, ya que sus palabras se llenaron de muchas justificaciones, a las cuales, casi todas, les di respuesta. Mi deseo de estar con él en la intimidad era tan grande que hice todo lo que estaba en mis manos para conseguirlo.

Después de unos largos minutos charlando, decidimos irnos a un hotel, pero... (sí, un horrible «pero») Alfonso no se nos despegaba para nada. Lois me sugirió una estrategia para deshacernos de él, la cual pusimos en práctica: subimos al segundo piso de la escuela, nos escondimos en algunos cubículos de nuestros maestros y luego bajamos por las escaleras que daban hacia la primaria, para poder salir sin problemas.

Una vez afuera de la Normal, caminamos en busca de un hotel que nos aceptara. Caminar a su lado me daba tanta seguridad y confianza que, al recordar todos los momentos vividos junto a él, me lleno de nostalgia. Tal vez se lo dije incontables veces, pero, estando con él, era tan feliz.

Nuestra primera parada fue un hotel cerca de la Plaza de la Tecnología. La respuesta del personal fue que no podían recibirnos, únicamente por ser hombres. ¿Pueden creerlo? Un poco incómodos y molestos, decidimos seguir buscando algún lugar donde nos admitieran. Mientras caminábamos, recuerdo que comenzó a sonar la canción *Limón y sal* de Julieta Venegas. Se la dediqué en ese momento, diciéndole que aplicaba para mí, ya que su letra describía nuestra historia.

Finalmente, llegamos al hotel donde fue nuestra primera vez juntos. Nos dieron un cuarto bastante desagradable, pero eso no importaba, ya que estaba con él, y para mí, eso era lo más importante en ese momento. Estaba un poco nervioso, pero también tenía tantas ganas de tener relaciones sexuales con él. Mis hormonas estaban al 100 %. De pronto, observé que ya no llevaba nada de ropa, listo para entregarse a mí (debo admitir que me asombró ver su pene y sus testículos). Comenzó quitándome la ropa y besándome de una manera que me volvía loco. Sus labios tocaron cada parte de mi piel, y yo también decidí besar y tomar su pene. Después, me dio la vuelta y comenzó a penetrarme. Sentía una inmensa felicidad y, al mismo tiempo, dolor, ya que hacía tiempo que no mantenía relaciones sexuales.

De mis labios salieron las siguientes palabras:

—¡T-e a-m-o, Lois Fernando!

—Yo también, ¡te amo! —me dijo en un tono tan afectivo.

Fernando eyaculó a los 40 minutos, y después de aquel erótico y sexual momento, decidimos platicar unos minutos antes de salir de la recámara y regresar a nuestra respectiva escuela.

—Me encantó estar contigo —le dije con mucha alegría y cariño, sin saber lo que pasaría más adelante.

Una vez que arribamos a la ENSEP, algunos de nuestros compañeros y compañeras comenzaron a especular sobre dónde habíamos estado durante toda la tarde. No respondí y solo me chivié; por obvias razones, él tampoco dijo nada, pero indudablemente era notorio que habíamos pasado toda la tarde juntos.

Esa misma noche, pasamos por el árbol que, para mí, era un símbolo significativo de nuestro «cariño», y traté de repetir aquel momento que una vez evité. Estando ahí, lo abracé y lo besé nuevamente.

Para tener un recuerdo significativo de aquel momento, al día siguiente, cuando volví a ver a Lois, le obsequié una carta y un pequeño osito que simbolizaba a un hijo, resultado de la noche anterior. Él agradeció el regalo y me comentó que lo guardaría con mucho afecto.

Te estarás preguntando si fue la primera y última vez que tuvimos intimidad. Como lo dice el nombre del capítulo, lamento informarte que no. Pero en las veces posteriores, el cariño solo fue de mi parte, mientras que para él fue únicamente placer.

Eliud

Comenzaron a hacerse más notorias las diferencias entre nosotros, además de la mala comunicación que teníamos en aquel entonces. Fernando había cambiado conmigo; ya no era aquella persona atenta, tierna y cariñosa. Fue como si hubiera cambiado de la noche a la mañana. Sin embargo, él seguía siendo el mismo con los demás, lo cual me causaba malestar, ya que se mostraba muy afectuoso con algunos de sus amigos y amigas, lo que me llevaba a pensar que él podría estar interesado en ellos.

Debo admitir que moría de celos, y para tratar de neutralizar ese sentimiento, intenté tener un noviazgo con un chico llamado Eliud, con la esperanza de provocar en Fernando un poco de celos. Conocía a Eliud desde hacía tiempo y sabía que le gustaba, así que me aproveché de esa situación. Sin embargo, fue una relación fallida, no por él, sino por mí, porque, estando con él, no podía dejar de pensar en Lois. En aquel momento, tenía la idea errónea de que Eliud no le llegaba a los talones a Fernando.

Esa fue una oportunidad que la vida me ofreció para ser feliz y olvidarme de aquel regiomontano que tenía atrapado mi espíritu y pensamiento. Lois sabía casi todo sobre mí, y le compartí mi decisión de rechazar aquel noviazgo para enfocarme únicamente en él.

—¡Osman!, ¿por qué rechazaste esa oportunidad? Él podría ofrecerte lo que yo no puedo —me dijo algo molesto—. Pero, en fin, me da gusto, porque la verdad no me caía muy bien. Se veía muy mamón el wey.

Siempre busqué momentos adecuados para robarle un abrazo, e incluso un beso, a Fernando, ya que había adoptado un rol indiferente hacia mí.

La aventura de Alexandro con Fernando

Alexandro, mejor conocido como Del Sol, fue una persona que vivió de cerca muchas de las cosas que me sucedían en la universidad. A mi parecer, era un gran chavo, alguien que intentó varias veces adueñarse de mi corazón.

Debo admitir que, cuando recientemente tuve la oportunidad de intercambiar algunas palabras con él durante el curso propedéutico, sentí que no le caía del todo bien; su lenguaje corporal era muy claro. Ignoraba los motivos por los cuales se comportaba de esa manera conmigo, algo que más tarde comprendería.

Alexandro me llamaba de manera muy afectuosa:

—¡Hola, ojitos!

Pude considerarlo un amigo después de aquel beso que Lois se dio con mi compañera, ya que me brindó un apoyo tan cálido y desinteresado.

—Tranquilo, ¡ojitos!, él no vale la pena —decía mientras sus brazos me rodeaban la espalda—. Créeme, ese IDIOTA está perdiendo a un chico magnífico, sensible, atractivo y muy inteligente.

Esas eran las palabras que siempre usaba para tratar de aliviar el malestar que estaba viviendo.

Las inolvidables caminatas hacia la parada de mi camión, que Fernando y yo solíamos tener, dejaron de ser tan frecuentes; en ese tiempo, Alexandro intentó ocupar su lugar. Por lo general, nos sentimos atraídos hacia algunas personas por su personalidad, sus rasgos físicos o incluso su manera de hacer el amor. Del Sol carecía de una personalidad masculina que me atrajera, y sinceramente no estaba dentro de mis gustos. Tenía 32 años, es decir, ya había pasado su etapa de juventud. Al igual que yo, estaba en formación docente, pero él quería especializarse en

Historia. Tenía una amplia cultura universal y siempre fue el más sobresaliente de su salón.

En muchas ocasiones sentí que Del Sol cuidaba mucho de mi intimidad, al punto de no querer que tuviera ningún tipo de contacto sexual con Lois. Pero la carne es débil, y, como ya lo comenté, hice el amor con Fernando muchas veces. Como tenía tanta confianza con Alexandro, le conté lo que había pasado aquella tarde en que me escapé con Lois.

Sus palabras fueron tajantes, y lo único que me dijo, mientras se alejaba de mí, fue:

—¡Eres un pendejo!, ya consiguió lo que tanto quería de ti.

Pasaron varios días sin que me dirigiera la palabra. Se notaba muy indignado, aunque no comprendía verídicamente la razón de su coraje. Una tarde cualquiera, se acercó a mí con un comportamiento diferente: más alegre, entusiasta y coqueto. Pasamos prácticamente toda la tarde juntos, riendo y jugueteando un rato. Al final de la jornada de clases, me fue a dejar a mi parada.

—Discúlpame, ojitos, no fue mi intención reaccionar así —me dijo en un tono suave—. Pero realmente me importas mucho y me gustas demasiado. Me encantaría que me dieras la oportunidad de conocerte más a fondo, para poder entablar una relación contigo.

Me quedé frío ante la declaración sentimental y únicamente le respondí, con algo de escepticismo:

—Ale, eres un chavo buena onda y noble. —Me detuve un momento para tomar aire y seguir respondiéndole—. Me sorprende mucho que quieras conmigo, y ahora entiendo tu postura de indiferencia, y claro, acepto seguir conociéndote —le contesté con mucho pánico, tratando de no romperle el corazón.

—¡Gracias, ojitos!, verás que no te defraudaré.

A la hora de despedirnos, me tomó de la cintura para abrazarme y, posteriormente, robarme un beso de pico. ¡Qué vergüenza! Me dio demasiada pena, pues todas las personas del transporte vieron ese bochornoso momento. Ale se retiró de la parada del camión cuando éste arrancó y partió hacia su destino.

Durante el trayecto hacia mi casa, estuve meditando sobre el gran deseo que tenía de que Fernando fuera Alexandro. Es decir, que el interés que Alexandro tenía hacia mí lo tuviera mi barbón.

La tarde del día siguiente me sorprendió mucho ver a Alex esperándome en mi parada para poder irnos juntos a la escuela Normal.

Cuando bajé del transporte, «El Güerito», como todos llamaban a Ale, extendió los brazos para darme un abrazo e intentó darme nuevamente un beso en la boca, el cual evadí para que solo fuera en la mejilla.

—Gracias, Ale. No te hubieras molestado. Qué pena hacerte perder tu tiempo esperándome en mi parada —dije en tono bajo y suave.

—Descuida, que no es ninguna pérdida de tiempo, ¡siempre y cuando sea para ver esa hermosa mirada de ojos verdes!

Mientras caminábamos hacia nuestra casa del saber, me preguntó sobre la hora en la cual estaría libre para charlar conmigo, pues quería decirme algo importante.

—Aún no te podría confirmar, pero si tengo un espacio, te busco.

Me sentía mal. Sabía que no podía corresponderle de la manera en que él deseaba. Le pedí consejo a Fernando, y con mucho «tacto y empatía», me dijo que lo mandara a la chingada.

Como era de esperarse, algunos de los maestros que debían darnos clase no se presentaban como de costumbre, por lo que decidí brindarle ese espacio a Alexandro para que me contara lo que tenía que decirme. Subí las escaleras en dirección a su salón, pero noté que estaba ocupado. Me respondió que lo esperara 20 minutos mientras se desocupaba. Asimilé su propuesta y me regresé a mi salón.

Después de un par de minutos, Alexandro me fue a buscar con una torta en la mano para que comiéramos juntos. Nos dirigimos hacia unas banquetas que tenía nuestra Normal para sentarnos y que él pudiera contarme su pequeño secreto.

—Termina de comer tu torta, no quiero que te atragantes —dijo mientras reía.

—No te preocupes, dime —respondí, mientras intentaba guardar el emparedado que me había comprado. Intervino, ayudándome a guardarlo de manera correcta, pues yo solo lo había envuelto a mi manera.

Sabía que lo que estaba a punto de decirme sería algo importante, pues su rostro cambió radicalmente. Mientras me hacía la siguiente pregunta, suspiró profundamente:

—¿Qué sabes de mí?

—Pues que te llamas Alexandro Del Sol, vives en Puebla, tienes 32 años, te gustan los gatos y eres separado —contesté riendo.

—Eso no, ¡tontito! Me refiero a lo que te han contado de mí —volvió a preguntarme de manera afectuosa.

Asentí con la cabeza y luego pregunté por qué quería saber.

—Antes que nada, debo decirte que no estoy orgulloso de lo que hice, y quiero especificar que lo hice en un momento de calentura —me comentó en un tono algo serio.

Me entró una enorme curiosidad por saber el chisme, así que lo dejé continuar.

—¿Recuerdas que cuando llegaste a los cursos propedéuticos yo no te hablaba muy bien?

Asentí.

—Eso era porque mantenía encuentros casuales con tu amado Lois Fernando.

Cuando escuché esto, juro que mi corazón se quebró en mil pedazos. Tenía tantas ganas de llorar en ese instante, pero me contuve para que Del Sol siguiera con su narración.

—Al principio, él me buscaba para que tuviéramos algunos encuentros, y después me empezó a gustar. Lo cité en mi departamento un par de veces. Lo que no me gustaba era su técnica y su sudor excesivo.

Interrumpí, preguntando:

—¿Cuántas veces lo hicieron?

—Aproximadamente cinco veces —respondió.

Me encontraba tan encabronado que le dije a Alexandro que me disculpara, pero tenía que retirarme al baño. Él notó mi cara de malestar y me abrazó, diciéndome que todo estaría bien, que fuera lo que fuera que hubiera pasado entre Lois y yo, no me preocupara, porque Lois le había comentado que yo le gustaba y que haría todo lo posible para acostarse conmigo.

Entré al salón decidido a escuchar de la propia boca de Fernando lo que había pasado entre Alexandro y él. Sin embargo, como era costumbre, Alfonso estaba ahí, hostigante como siempre. A fin de cuentas, Fernando logró deshacerse de él, argumentando que regresaría en un rato. Nos dirigimos al kiosco del parque frente a la escuela para poder hablar a solas.

—¿Te has acostado con alguien de la escuela, aparte de mí? —le pregunté en un tono molesto.

—¿Por qué? ¿Te dijo algo el puto Alexandro? —respondió enseguida.

—¡Dime!, ¿te has acostado con alguien? —volví a preguntarle, ahora más molesto.

—¡A ver, cálmate! Y si hubiera sido así, ¿a ti qué? No te debería importar, ¿o sí? —respondió él, también molesto.

En ese momento, me calmé un poco, y volvió a preguntarme qué me había dicho Alexandro.

—¿Qué crees que dijo? Pues que tú y él tuvieron relaciones sexuales —le comenté, enojado y con la voz quebrantada.

—¡Ese puto chismoso te contó su versión!, pero no te explicó por qué me acostaba con él —dijo Fernando, con tono molesto.

Con los ojos rojos, a punto de llorar, me senté y lo escuché.

—¡Claro!, te dijo lo que le conviene, pero no te contó toda la historia —respondió, aún molesto.

—A ver, cuéntame, ¿qué pasó?

—No te voy a mentir, sí pasó algo entre él y yo, pero no fue como te lo narró. Cuando estábamos en el mentado curso propedéutico, le vendí algunas pertenencias y quedó pendiente el pago de estas. Así que yo iba a su departamento para cobrarle, y una vez estando ahí, me decía que para pagarme tenía que acostarme con él —se detuvo un par de segundos, tomó aire y suspiró antes de continuar—. ¡Osman, soy un hombre y, a fin de cuentas, tengo ciertas necesidades!

Prosiguió:

—Pero ese cabrón no tiene derecho a contar lo que ya pasó —dijo, muy molesto—. Cuando lo vea, me lo voy a golpear.

Regresando al plantel, hablé con Del Sol y le expliqué que me disculpara, pero que no podíamos andar debido a la aventura que había tenido con Lois. Asimiló rápidamente y solo me respondió:

—Está bien, entiendo, pero la próxima vez te voy a pedir que no andes de chismoso contándole a todo el mundo lo que te comparto.

Se dio media vuelta y me dejó ahí, sintiéndome como un gran estúpido. Dieron las 8 de la noche, y comenzamos a prepararnos para caminar e irnos a nuestras paradas de camión. Opté por irme nuevamente con Fernando. De pronto, Alexandro apareció, y de la nada le dio un fuerte abrazo a Lois, argumentando que extrañaba estar con él y que cuando tuviera tiempo libre lo visitara en su departamento. Fernando respondió de manera tajante que sí, que no habría ningún problema.

Tuve celos, y en ese momento comprendí una frase muy cierta: «¡Perro que ladra no muerde!».

Con los sueños destrozados, decidí otorgarle el perdón, sabiendo que él tenía un pasado y que, bien o mal, debía aceptarlo. Sin embargo, estaba muy herido y lo único que quería era olvidar lo ocurrido, ahogando mis penas en alcohol.

Mi primer mareo con dos cervezas

Estimado lector, ¿recuerdas aquel accidente que tuve cuando era niño que ya te compartí?

A raíz de ese caótico hecho, sufrí durante un tiempo de ataques epilépticos; por esa razón nunca ingería bebidas alcohólicas, cuidando mi integridad.

Por un tiempo, Fernando se comportó algo distante, tanto con el grupo como conmigo, por lo cual ya no se juntaba tanto con nuestros compañeros. Un día cualquiera, ellos decidieron ir al Tigre para convivir un rato. El Tigre era un bar muy de moda en aquellos tiempos, ya que las promociones eran asequibles y económicas para la mayoría de nosotros.

Comenzaron a brindar por diferentes razones. Llegó el momento de chocar botellas por mi decisión de continuar mi vida sin Fernando. Como no estaba acostumbrado a beber cerveza, obviamente las dos que me tomé me marearon horrible. De pronto, la cerveza me transformó y me entró una valentía inesperada para ir a buscar a Fernando y decirle todo lo que sentía. Sonia me siguió junto con uno de sus amigos y me cuidó hasta llegar a la Normal. Créanme, estaba llorando como si fuera un niño de cinco años.

Mis lágrimas provenían del alma, y sentía esa terrible sensación de estar perdiendo algo muy valioso. ¡Estaba perdiendo a mi amado regiomontano! De pronto, Sonia me dijo:

—¡Bebé!, date cuenta, él no te merece. He visto cómo te desvives por él, y me da coraje que ni siquiera te tome en cuenta. Las acciones TAN culeras que tiene contigo, y tú sigues ahí, con él. Es momento de que te ACEPTES y AMES a ti mismo. NO eres feo, eres una persona con unos ojos hermosos y vales muchísimo. Así que respira profundamente y date la valentía que tanto te hace falta para continuar sin él —me dijo en un tono tan suave, como tratando de sanar aquella herida que, en su momento, Fernando había causado.

El chico de biología

En la especialidad de Biología, asistía un chavo alto, delgado, moreno, con buenos glúteos y algo atractivo. Suficiente para enamorar a Lois Fernando o, por lo menos, para que tuviera una aventura con él.

No voy a adentrarme tanto en ese capítulo, porque no tuve CERTEZA de que hubiera sucedido algo entre ellos. Lo que sí puedo ASEGURAR es que esa «amistad» causó muchos conflictos en nuestra «relación». Fueron varios los momentos en los cuales los encontré platicando por un largo tiempo y de una manera muy cercana.

Mi amiga Dianita

Me sentía solo. No tenía muy buena comunicación con mis compañeros de especialidad, e incluso algunos esparcieron rumores intentando crear mala fama de mí. Casi la mayoría de los estudiantes de la Normal me veía como un bicho raro. Traté de demostrar que era autosuficiente y que los malos comentarios no me afectaban en nada. Una chica morena, de la especialidad de español, me hablaba de vez en cuando. Una tarde, mientras me dirigía a los baños, me crucé de frente con ella y me saludó:

—Hola, Osmi. ¿Cómo estás? —preguntó con mucho entusiasmo.

—Más o menos, pero tratando de sobrellevar la situación —respondí con algo de apatía.

Por alguna extraña razón, todo lo que pasaba en la escuela se sabía. Proseguimos dialogando sobre nuestros problemas. Ella también se había enamorado de un chico no correspondido. De pronto, se acercó una chica de piel blanca, con el cabello quebrado, delgada y muy simpática, a la cual me presentó.

—Ven, Dianita, te voy a presentar a mi amigo Osmi —le comentó a su amiga.

—Mucho gusto —dijo mientras me saludaba de beso en la mejilla—. Tienes muy bonitos ojos.

—¡Gracias! Tú también eres muy bonita —le contesté, sonrojado.

Mientras platicábamos sentados en la butaca de metal, fuera de la especialidad de Biología, llegaron Lois Fernando y Alfonso, quienes me comentaron que ya no teníamos clases y podíamos disponer de nuestro tiempo. Seguidamente, otra chica de la especialidad de español llegó para compartir la misma noticia con las demás chicas. Conversando un poco, propusimos ir a dar una vuelta e ir a un bar para distraernos y conocernos un poco más.

Camino al bar, iba tomado de la mano de Diana, la chica que acababa de conocer, mientras Bere, Fernando y Alfonso bromeaban delante de nosotros. Sentí una gran conexión con Diana desde el momento en que la conocí, así que le confesé mi amor hacia Lois. Ella se desmotivó un poco, ya que en algún momento pensó que me sentía atraído hacia ella.

Francos fue el lugar al que decidimos ir. Pedimos una cubeta de cerveza y comenzamos a conocernos; reíamos y platicábamos en voz alta, pues el lugar tocaba música a un volumen alto. Con valentía, efecto de algunos tragos, intenté fallidamente besar a Fernando. Todos lo abuchearon, ya que él era incapaz de demostrarme un poco de afecto. Por otro lado, algunos acompañantes terminaron compartiendo saliva. Lois me pidió de manera tajante que dejara de ser empalagoso con él, argumentando que su personalidad se lo impedía. Finalizando lo de aquella noche, acompañamos a las chicas a sus respectivas paradas para que pudieran tomar sus camiones.

La bondad de aquel regiomontano

Mi memoria recordará eternamente aquel bello momento en el cual mi príncipe Lois Fernando me demostró que era más que una simple cara bonita, pues en el fondo se escondía una persona tierna, sensible, hermosa y frágil.

La fecha exacta de dicho acontecimiento no la recuerdo con precisión, ya que hace más de cinco años que sucedió todo esto. Pero lo que no logro olvidar es que fue un hecho que marcó mi vida para siempre, pues comprobé que aquel regiomontano tenía muchas cualidades para ser la pareja ideal.

El cielo estaba tornándose de un color oscuro. Nos encontrábamos peleando, como comúnmente lo hacíamos. Él me daba argumentos sobre por qué se comportaba de esa manera, y yo le explicaba que sus acciones me dolían.

Decidimos detenernos frente al Mercado de Sabores para hablar con tranquilidad cuando, de repente, él me compartió que había tenido una vivencia traumática que lo llevó a proteger su parte emocional y afectiva, para evitar que le hicieran daño. Cuando me narró su pequeño romance, no contuvo sus lágrimas y empezó a llorar. En ese segundo, lo abracé y le di un beso en la frente.

—¡Tranquilo, bebé! Nunca te lastimaré —le dije mientras suspiraba.

Me interrumpió con lágrimas en su rostro y me respondió:

—Lo sé, chaparro, pero también sé que, si sigues conmigo, te haré mucho daño.

Por lo menos me advirtió lo que sucedería si seguía luchando por su amor.

Mientras todo esto ocurría, una ligera lluvia comenzó a caer, haciendo que aquel momento se sintiera como sacado de una película e inolvidable. Finalmente, Fernando se disculpó por todo el daño que me había causado, reiterándome nuevamente su amistad.

Xil

Xil, el chico guapo y dulce de los tirantes. Lo conocí gracias a una red social, y al verlo en su foto de perfil fue inevitable sentirme atraído por su gran atractivo físico. Le envié una solicitud de amistad. Pensé, con algo de inseguridad, que no me aceptaría, pero lo hizo. Esa sencilla acción cambió mi vida por un instante, ya que me sentí muy afortunado.

> ***Osman:*** *¡Hola! ¿Cómo estás?*
> ***Xil:*** *Hola, bien, gracias. ¿Disculpa, te conozco?*
> ***Osman:*** *Creo que no, pero estudiamos en la misma escuela.*
> ***Xil:*** *¿En serio? ¿En qué especialidad?*
> ***Osman:*** *Telesecundaria.*
> ***Xil:*** *La nueva, ¿no?*
> ***Osman:*** *Así es. ¿Y tú?*
> ***Xil:*** *En Historia. Bueno, te dejo. Espero verte hoy.*

Una vez instalado en la escuela, decidí averiguar con algunos amigos sobre aquel atractivo muchacho. Aún era muy tímido e inseguro para plantarme frente a él y presentarme, así que organicé una estrategia para no parecer tan interesado. Cinco minutos antes de salir a comer, me dirigí a la cooperativa a comprar un dulce, con el objetivo de espiarlo. Cuando salió y se encontraba ascendiendo las escaleras, me dirigí hacia ellas, respiré profundamente y le dije nerviosamente:

—¡Hola!

—Hola, eres Osman, ¿verdad?

Asentí ante su pregunta, intentando no tartamudear.

—¡Wao!, qué bellos ojos, ¿son pupilentes? —me preguntó.

—No, ¿cómo crees? Son míos —le respondí.

Charlamos durante cinco minutos en los pasamanos de las escaleras. De repente, algunos de mis compañeros, entre ellos Fernando, nos vieron platicar. Comenzaron las porras y algunos elogios, ya que Xil era un chico de muy buen ver. Cortamos la charla, y él propuso invitarme al cine más tarde, a lo cual acepté sin dudar.

Entrando a mi salón, algunas de mis compañeras comenzaron a echarme flores por haber decidido dejar a Fernando y cambiarlo por aquella bella persona. Una vez que Lois entró, las indirectas fueron más evidentes. Se acercó a mí y me preguntó:

—¡Órales!, ya andas de noviera.

—No, ¡cómo crees! Únicamente me habló porque me dijo que tenía bonitos ojos —maquillé un poco la versión para que se diera cuenta de que, al igual que él, también era atractivo para algunos compañeros de la Normal.

—Me da gusto, deberías conocerlo, está galán y se ve que es buena onda.

Lo interrumpí diciéndole que solo tenía ojos y corazón para él (no malinterpreten, no piensen que era un falso, simplemente lo que sentía por Xil fue una emoción esporádica, a diferencia de lo que sentía por Lois).

Dando las 5 de la tarde, Xil pasó por mi salón para preguntarme si tenía algún problema en ver una película a las 5:30. Le contesté que no, pues ya había cumplido con mi horario académico y no creía tener ningún problema con la asistencia. Así que acepté ir con él.

Ingresamos al cine, y él optó por ver la película de Frankenstein. Estaba muy entretenido viendo el filme, cuando de repente tomó mi mano, me acarició el rostro y posteriormente comenzó a besarme.

Terminando la función, salimos a platicar al hermoso Zócalo de la ciudad. De repente, unas niñas de secundaria le preguntaron su nombre. Esa acción me confirmó que era un chico guapo ante los ojos de los demás, lo que me motivó a querer tener una relación con él. En la charla, me preguntó si me gustaría seguir

conociéndolo, y afirmé su pregunta, porque era una oportunidad para olvidarme de Fernando.

Seguimos repitiendo la misma dinámica por un par de semanas, hasta que llegó el momento de confesarle lo que pasó con
Fernando y la tóxica relación que teníamos hasta ese momento.
Entonces, él también compartió un pequeño secreto sobre su
persona, lo cual cambió mi perspectiva de él desde ese momento
en adelante.

El activo llega hasta donde los pasivos se lo permiten...

El siguiente capítulo que narraré se enfoca en el comportamiento inapropiado y en esas propuestas indecentes que le comentaba a Lois, pero yo NO era el único que deseaba con locura al regiomontano, sino también algunos de mis compañeros de especialidad.

Pre a la relación que mantuve con Xil y pos a aquel encuentro afectivo que mantuve con Lois, mis deseos de compartir caricias con él incrementaban. Era muy tímido en aquel momento, por lo tanto, desconocía la forma adecuada de decirle que quería mantener relaciones sexuales con él. Durante el primer periodo vacacional del mes de diciembre, le propuse indirectamente que mantuviéramos un encuentro casual, y con un poco de escepticismo aceptó. Él propuso vernos en unos vapores que están por la Plaza de la Tecnología en Puebla.

—¡Qué onda! —me dijo, mientras me saludaba de puño.

—Hola, ¿cómo estás?

—Bien —afirmó—. Gracias, ¿y tú?

—También, algo nervioso, pero estoy muy contento de estar a tu lado.

Nos dirigimos en dirección al vapor, ya que el punto de encuentro fue el Mercado de Sabores, pues desconocía el lugar.

—¡Buenos días! —nos comentó la señora encargada del vapor con una actitud un tanto tajante.

—¡Buenos días! Queremos bañarnos.

De repente, se detuvo y me preguntó si quería asearme.

Muy avergonzado, respondí que uno individual, ya que la idea de que un grupo de personas me viera sin ropa me aterrorizaba.

Fernando me vio con cara de inconformidad, pero aceptó mi respuesta.

La señora nos señaló el rumbo a tomar para entrar al cuarto de vapor (vuelvo a mencionar, con una actitud soberbia).

Una vez instalados en el cuarto, él abrió la puerta que separaba el vestidor de la regadera y movió una llave que permitió la salida del vapor. Me encontraba algo nervioso, pero a la vez un tanto excitado por aquel encuentro que tanto deseaba desde hace tiempo.

Empezó a besarme, con esa intensidad que solo él tenía. Después me fue desvistiendo hasta dejarme sin ninguna prenda. De repente, noté una erección de su parte reproductiva y fue inevitable responder ante esa sensación biológica. Nos metimos al cuarto de vapor y ahí comenzó la penetración anal. Estábamos tan excitados y complacidos, cuando de repente comenzó a jadear precipitadamente. Me preocupé y le pregunté:

—¿Estás bien?

Él me respondió que sí, que únicamente le faltaba el aire, así que decidimos apagar el vapor en lo que él recuperaba la respiración normal.

Después de este pequeño susto, retomamos lo que empezamos, pero sin penetración, ya que me encontraba algo adolorido y únicamente nos masturbamos. Él eyaculó, pero por mi parte no podía hacerlo, pues era tanta mi felicidad de estar con él, que mi cerebro se limitaba a realizar esta acción. Minutos después, decidimos bañarnos, y cuando terminé, salí del cuarto y me resbalé por la humedad del piso y el poco control de las chanclas que tenía. Azoté fuertemente con el piso. En ese preciso instante, Lois salió preocupado, me observó tirado y me ayudó a levantarme, me sentó en el asiento de concreto y me preguntó si me encontraba bien.

—Sí, no te preocupes, únicamente me resbalé —le comenté para que se tranquilizara.

—No manches, ¿estás seguro? Se escuchó muy feo —me dijo muy preocupado. —Sí, tranquilo —le respondí con una sonrisa en mi rostro—. Si gustas, ve a bañarte en lo que yo estoy aquí sentado.

Me sonrió y me dio un beso en la frente.

Su preocupación tan natural y humana volvió a confundir mis emociones, pues, aunque ustedes no lo crean, su rostro, sus facciones intentaban comunicarme que estaba totalmente preocupado por mí y que le interesaba todavía.

Saliendo de aquel lugar, le propuse que fuéramos al parque para platicar y estar un momento más juntos. Me tomé unas fotografías con él, las cuales aún conservo, y cada vez que las veo me entra una gran nostalgia al recordar que ambos éramos muy felices.

¡Celos!

Ese sentimiento tan horripilante que vive una persona cuando alguien ajeno se mete con algo muy querido para ti llegó a invadir mi tranquilidad. Es hora de compartir aquellas situaciones que me dolían en lo más profundo de mi ser, ya que algunos de mis compañeros de especialidad se comportaban de una manera inmoral, ejerciendo con Lois ciertas escenas inadecuadas.

En una dinámica grupal (me cuesta recordar con cuál docente), trabajábamos las cualidades individuales que poseíamos. La actividad consistía en escribir en diferentes papeles alguna fortaleza o característica resaltante que cada uno de nosotros tenía. Mis compañeros se centraban en elogiar el color de mis ojos (lo cual me agradaba). De repente, observé que un compañero se acercó a Lois y comenzó a hablarle de una manera provocadora. Traté de ignorar la situación, pero cuando aquel compañero salió del salón, me acerqué a Fernando y le pregunté qué estaba ocurriendo.

Apenado, me dijo que aquel compañero hizo énfasis en el tamaño de sus miembros reproductivos. Cuando escuché esto, sentí una profunda indignación y un enorme coraje al pensar que existían personas como aquel compañero, y de inmediato nació en mí un profundo desprecio hacia su personalidad.

Jael era el nombre de aquel compañero. Al terminar la jornada escolar, todos los hombres decidieron dar una vuelta al parque del Gallito para convivir y echar relajo. Algunos fumaban, otros reían, y yo me sentía muy incómodo estando con ellos. El grupo empezó a desintegrarse y a separarse en pequeños grupos. Me percaté de que Jael estaba muy efusivo con Lois. Perdí el contacto visual con ellos, y de repente, desaparecieron. Me quedé con Alfonso y Jos, pero no podía dejar de pensar que tal vez ellos dos habían ido a un lugar más íntimo a satisfacer los deseos de aquel hombre tan promiscuo.

Esa noche fue un verdadero infierno. Al llegar a casa, intenté hacerme el fuerte y no llorar para no preocupar a mi madre. Me costaba trabajo olvidar esas escenas y aquel comentario tan fuerte que me había dicho el regiomontano. Subí las escaleras de mi casa, y mi mamá me recibió sugiriendo que cenara. Le respondí con un simple gesto de la cabeza. Ella entró a la habitación, pero notaba algo extraño en mi comportamiento. Me senté en la mesa para cenar, abrí mi laptop e intenté estudiar un rato para olvidar aquel momento traumático.

Mi mamá volvió a salir del cuarto en dirección al baño, y al regresar, me preguntó de nuevo si me encontraba bien. No pude resistirlo más y me solté a llorar. Ella me abrazó.

—¿Qué tienes, hijito? —preguntó con mucha dulzura.

No podía dejar de llorar. ERA TAN FUERTE MI DOLOR EMOCIONAL.

—Mi amor, dime, ¿qué te pasó? ¿Te hicieron algo? —volvió a preguntarme, esta vez con tono molesto y a punto de llorar también.

Después de diez minutos llorando sin detenerme, le empecé a contar, de manera superficial, que me había vuelto a enamorar de alguien que no me correspondía.

—Por eso no quería que retomaras tus estudios —me comentó indignada y molesta. Pero comprendió mi situación y me apoyó diciéndome:

—Así son los hombres, son insensibles, inhumanos y crueles —tomó aliento y prosiguió—: Quiero que, de hoy en adelante, le demuestres a ese puto que tú eres fuerte, y no quiero que le ruegues. Compruébale la calidad de hombre que eres.

Ese momento nunca lo olvidaré, porque fue la primera vez que mi mamá tuvo ese tacto y empatía conmigo. Tristemente, ninguno de los dos descansó esa noche. Estábamos muy afectados, pero siempre tuve fe en que las cosas cambiarían.

Tiempo después de aquella lamentable situación, cuando estaba con Xilberto, Jael y su grupo de amigos comenzaron a bailarle de una manera muy sensual a Lois para provocarle erecciones. Fernando era tan promiscuo que el propósito de aquel grupo se logró. La mayoría de mis compañeras, incluyéndome, salimos para evitar ver esas escenas candentes. Decidí subir a la segunda planta para platicar con Xil, pero no pude quitarme esas imágenes de la cabeza. Minutos después bajé, y Jael me miró con desprecio y satisfacción al ver que estaba rabiando de celos. Cuando se marcharon, me quedé solo, enfrentando aquel dolor que parecía no tener fin.

Entré al salón para platicar con Fernando. Me alteré un poco y comencé a alzar la voz. Al ver mi enojo, algunas de mis compañeras que estaban dentro del aula decidieron salir. De repente, entró Alfonso con una conducta inapropiada, bailándole a Fernando, lo que me indignó bastante, pero comprendí que su intención era provocarme. Lois, excitado en ese momento, me comentó que quería bajarle el pantalón a Poncho y penetrarlo. Mientras tanto, lo único que yo quería hacerle a Lois era arrancarle ese miembro, aunque sabía que era una muy mala idea. Así que le propuse tener un rapidín conmigo, para evitar que se fuera con alguien más. La idea no le pareció muy buena, ya que, en el fondo, sabía que quería estar con otra persona y no conmigo, pero al final aceptó.

Subimos a los cubículos, pero estaban cerrados. Él decidió hacerlo en el baño de la escuela. Entró primero él y me dijo que entrara posteriormente de manera muy discreta y seguí al pie de la letra su indicación.

Se bajó el pantalón, empezó a tocarse su pene, para que acrecentara su tamaño.

—Hazme un oral —me propuso en tono de lujuria, se lo hice—. También mastúrbate.

Cómo ya había tenido erecciones previamente no tardó en eyacular. Se vino en mi boca.

—No los escupas, ¡trágatelos! —me dijo—. Síguetela jalando, te espero hasta que te corras.

Eyaculé por primera vez. Una vez que terminamos, salimos del baño —me encontraba muy contento—. Lois y yo estábamos sonrojados y con la pupila dilatada. Vimos que Bere y Diana se acercaban a saludarnos.

Cuando me saludaron de beso, me sentí muy incómodo. Por primera vez no respondí como solía hacerlo. Notaron algo raro en mí y decidieron marcharse.

Olvidé por algunas horas que Xilberto era mi novio, y no me importó haberle puesto el cuerno con Fernando. Sentía que ese momento lo tenía más que merecido. Le mandé mensajes al chico de los tirantes, diciéndole que me sentía mal y que tenía que irme temprano. Él asimiló la situación. Claramente, era una mentira para poder escaparme con Lois Fernando, mi amado regiomontano.

¡Eres un imbécil!

ntes de tomar la decisión de concluir mi relación con Xilberto, le pedí un consejo a Fernando. Él me comentó que, si no sentía un profundo amor hacia él, dejara de jugar con ese chico, porque a fin de cuentas alguien saldría afectado.

Estábamos sentados en el kiosco del parque del Gallito. Era una tarde cualquiera cuando tomé la iniciativa de comentarle a Xil que la relación que manteníamos ya no daba para más, debido a que aún no lograba olvidarme totalmente de Lois Fernando. Su reacción fue muy tranquila y únicamente me respondió que comprendía mi decisión, pero que no lo volviera a buscar. Me disculpé y traté de llegar a un acuerdo para poder ser amigos, a lo que él negó radicalmente. Francamente, me dolió su reacción; pensé que, después del noviazgo que mantuvimos, podríamos ser buenos amigos.

Le conté a Lois lo sucedido, a lo que respondió que se sentía mal por Xilberto. Se me hizo extraño su comentario, pero no le tomé mucha importancia.

Al día siguiente, Fernando llegó tarde a la escuela. Le pregunté por qué, y sin ninguna pena me respondió que había ido al cine para hablar con Xilberto y disculparse. Sabía perfectamente el temperamento de Fernando e imaginaba de lo que era capaz de hacer Xil por despecho, así que lo cuestioné más sobre esa salida al cine, a lo que él me respondió que únicamente habían ido a ver la función y de paso disculparse. Le di mi voto de confianza, hasta que volvimos a toparnos con Xilberto, y una acción dejó entrever muchas cosas.

Xil nos observó, tomó una actitud de indiferencia conmigo y, a Fernando, lo abrazó. Mientras lo hacía, le comentó en un tono coqueto que quería volver a salir con él.

—Claro que sí, con gusto —le respondió Fernando al chico de los tirantes.

Cuando todos mis compañeros se dieron cuenta de que Xil y yo habíamos terminado, comenzaron los comentarios ofensivos hacia mi persona, argumentando que había dejado ir a una persona que podía amarme de verdad por un chico que no respondía a mis sentimientos. Prácticamente, para ellos, era un imbécil.

Nos dimos una segunda oportunidad Xil y yo, pero muy en el fondo sabía que no funcionaría, ya que él seguía muy afectado y trataba de hacerme sentir mal con comentarios despectivos, aludiendo que Fernando era mejor que yo.

Cerveza tras cerveza tomaba para olvidarme de él

Comencé a adentrarme en un proceso de cambios sociales dentro del plantel. Por un lado, la mayoría de mis compañeros de aula no me dirigía la palabra, ya que se encontraban indignados por haber terminado una relación que, según ellos, pudo haber sido mi salvación. Mis compañeros externos me miraban con mucha indiferencia, pensando que yo era el fiel gato de Fernando. Incluso algunos maestros me veían con desprecio porque, en varias ocasiones, me habían visto llorar por ese regiomontano.

Para colmo, Fernando me reiteró muchas veces que lo dejara en paz, que lo nuestro ya había muerto. A fin de cuentas, sus palabras eran las que más me dolían. Ellos no se imaginaban que lo que realmente quería era un poco de comprensión y aceptación por parte de todos. Así que, buscando un escape, apareció en mi mente mi amiga Nataly, y fue entonces cuando comencé a beber impulsivamente, tratando de hacer que la herida fuera menos dolorosa.

Jerry

stábamos a punto de culminar el ciclo escolar; eran los últimos meses en la Normal antes de entrar al receso escolar. Como comenté en el capítulo anterior, una de las estrategias que adopté para aminorar el dolor que sentía por aquel sujeto fue perderme en borracheras y pedas tóxicas.

En una de esas borracheras, a las que asistí junto con el grupito de Las Esferas (una denominación despectiva hecha por Alfonso para burlarse del físico de unos compañeros), llegamos al Tigre, el antro que ya había descrito anteriormente. Mi amiga Nataly llegó junto con su nuevo amigo Jerry, a quien conocí esa misma noche. Intercambiamos algunos besos, y posteriormente comenzamos una relación sentimental.

Jerry era un chavo alto, de complexión robusta, moreno, con unos ojos rasgados. Pero más allá de su físico, tenía unos maravillosos sentimientos, que lamentablemente no supe valorar en aquel momento, debido a la obsesión que seguía teniendo por Lois Fernando.

Compartimos diferentes momentos y vivencias, como salir a caminar al parque, ir a comer, me invitó a su casa, conocí a sus papás, él tuvo la oportunidad de venir a mi casa y conocerla, y aquella noche que lo invité a mi casa intentamos hacer el amor, lo cual no se pudo concretar por el recuerdo que tenía aún de Fernando.

Durante esta etapa crítica de mi vida, la aparición del chico de los grandes testículos no fue tan representativa, ya que él trató de ser muy tajante y directo con su indiferencia para hacerme entender que ya no quería nada conmigo.

Pero Jerry se daba cuenta del gran interés que tenía aún hacia aquel hombre, y la gota que derramó el vaso fue aquella vez que tomé con las chicas de la especialidad de biología y Jos Chantla, mi compañero de especialidad, y en estado de ebriedad tomé la combi y fui en busca de Lois Fernando.

Esa noche mi mamá y mi hermano me estaban llamando con mucha preocupación, ya que sabían de antemano que estaba muy afectado emocionalmente, así que tomé la decisión de no responderles. Al llegar a la casa de Lois me recibió su papá, preguntándome:

—Buenas noches, ¿a quién buscas?

—A Lois Fernando —respondí tratando de no escucharme en un estado inconveniente.

—Ahorita le aviso.

De repente salió Fernando muy molesto.

—¿Qué haces aquí, Osman, y mira en qué condiciones estás?

—Quiero estar contigo —respondí en un tono nostálgico.

—Pero esta no es la manera, Osman.

De repente escuchó una llamada telefónica y me dijo lo siguiente:

—¿Quién es?

—Mi hermano —respondí, hablando con dificultad por mi estado de ebriedad.

—Respóndele, ha de estar preocupado por ti.

—Pero quiero estar contigo —le respondí en un tono de ansiedad.

—No te puedo recibir en esas condiciones, mejor contéstale y diles dónde estás.

Asimilé. Mi mamá contestó el teléfono muy molesta y me exigió que le dijera dónde estaba, a lo cual accedí diciéndole que estaba en la Ciénega.

—¿Qué haces hasta allá, hijo de la chingada? ¡Espérame ahí, voy por ti!

Actualmente comprendo que lidiar con una persona con tantos problemas existenciales era un tormento.

Aquella noche él me acompañó al puente que estaba cerca de su casa y, ya un poquito más consciente del entorno, le dije que se escondiera porque no quería que mi mamá ni mi hermano lo vieran.

Estando una vez arriba del coche, recuerdo que mi mamá me llevó con mi tía Titty, quien me regañó y me llamó la atención.

Al día siguiente le platiqué lo sucedido a Jerry, y tomó la decisión más sensata en aquel momento, que fue terminar con la relación.

Varias noches, mientras soñaba, en mi mente deseaba muy profundamente que él me correspondiera. Me proyectaba con él, estando solos en un hermoso paisaje natural, dentro de unas cabañas, besándonos y haciendo el amor, sin importarnos el qué dirán, y en aquel mundo donde el tiempo no transcurría.

Eres una ¡perra!

Nos encontrábamos la mayoría de los compañeros del grupo tomando en una de nuestras últimas convivencias grupales en el Tigre. La mayoría había decidido olvidar lo que pasó entre Fernando y yo, dándole una segunda oportunidad a él y tratándome de una manera indiferente. Actualmente comprendo que más que nada se guiaron en las diferentes personalidades que teníamos: yo, una persona seria y acomplejada, y él, una persona abierta y alegre.

Intentando compaginar con el ambiente gay de mis demás compañeros, quienes no tenían ninguna consideración al hablar y decir las cosas de una manera tan directa pero a la vez cómica, quise intentar adaptarme a su modo. Así que mientras bailaba con Sonia, le dije en tono de burla:

—¡Eres una perra!

A lo cual, ella reaccionó de manera violenta y me lanzó una bofetada. Respondí a la defensiva:

—¿Qué te pasa, estúpida?

Para lo cual, me dio otra cachetada.

Todos vieron lo sucedido, y algunos tomaron una postura de indiferencia y siguieron bailando como si nada hubiera ocurrido. Erika se acercó a mí y me dijo:

—Osman, tranquilízate. ¡Ya estás pedito! Cálmate o te vamos a pedir que te retires.

Menciono este suceso para que comprendan el ambiente algo hostil que había en mi grupo y la percepción que las compañeras tenían sobre mí.

Mis habilidades de socialización nunca fueron las mejores, y una vez vivenciadas las diferentes situaciones y conociendo las distintas personalidades que teníamos Fernando y yo, el rechazo hacia mí se hizo más notorio. Únicamente tenía conversación con algunos varones de mi salón y con compañeras muy contadas. De ahí en fuera, las demás prefirieron hacerme a un lado.

Al día siguiente, cuando iba en camino a la Normal, me encontré con Dilan y me comentó lo siguiente:

—¡Wey!, no mames, ¿qué te pasó ayer? Te pasaste con Sony.

—Pues ella lo tomó de manera muy negativa, únicamente me expresé como ustedes lo hacen.

—Pues sí, ¡pendejo!, pero tienes que comprender que ella y yo nos llevamos así desde hace tiempo, y ella no se lleva así contigo. Obviamente se ofendió. Aparte, ella pensó que lo dijiste por Fernando.

—¡Podría ser, pero claro que no! En ese caso, únicamente fue un comentario estúpido de mi parte.

Hablamos de lo sucedido hasta que llegamos a la escuela, y de ahí me dijo que me disculpara con ella, lo cual acepté.

Busqué el momento apropiado para hablar con ella y disculparme, a lo cual simplemente asimiló de manera muy tranquila, como si no le importara.

¿Te vas tú o me voy yo?

Durante los últimos días que estuve en la escuela Normal Superior, mi estadía era algo triste y nostálgica. No me juntaba con nadie de mi salón, comía solo, mientras mis demás compañeros y compañeras salían a comer con Fernando incluido, ya que al final lo empezaron a integrar, y a mí me fueron aislando lentamente.

Una tarde cualquiera, le solicité a Fernando que me regalara un poco de tiempo para tener una conversación importante. Íbamos a decidir cuál sería el destino de cada uno de nosotros. Nos encontrábamos en una butaca del parque al que íbamos con mucha frecuencia, «el gallito».

—¡Qué ironía de la vida! ¿Recuerdas que, estando aquí, te mencioné que no quería adelantar las cosas contigo por temor a terminar como estamos culminando ahora?

—Sí, más o menos me acuerdo —dijo con una voz algo cortante.

—Pues mira, Lois, únicamente te robaré unos minutos para checar qué va a ser de nosotros, porque evidentemente no podemos estar juntos —le mencioné en un tono deprimente. Tomé aire y proseguí—: Porque si me quedo aquí, corro el riesgo de no acabar con la licenciatura.

Él respondió en un tono muy seguro:

—Pues yo puedo retomar mi otra licenciatura y dejarte aquí para que tú culmines con tu carrera.

Antes de que él ingresara a la escuela Normal, estaba estudiando la carrera de arquitectura, la cual decidió no retomar porque no se sentía tan a gusto ahí.

Lo interrumpí y le mencioné lo siguiente:

—No se trata de eso, Lois, se trata de que los dos estemos satisfechos con la decisión que tomemos y terminar lo que empezamos —agaché la cabeza y miré al suelo—. Mi idea es solicitar mi cambio para la Federalizada —que era una Normal que estaba por mis rumbos.

Me respondió con un tono de preocupación:

—¿Vas a dejar a tus amigos?

—Me siento mal por algunos, como Diana, Bere y Edri, pero tú sabes que, en el grupo, la mayoría me repugna —dije con voz alterada.

—Ya ves, eso te pasa por andarlas ofendiendo —rio al pronunciar la última palabra.

—Pues ya ni modo, lo hecho, hecho está.

—Está bien, si así lo consideras, respeto tu decisión.

Para terminar esa charla, me ofreció estrechar su mano y me dijo con una sonrisa en su rostro:

—¿Amigos?

Lo abracé e intenté besarlo nuevamente, a lo cual se negó. Mientras mis brazos estrechaban su espalda, apoyé mi rostro en su hombro y mis ojos se llenaron de lágrimas.

En ese momento, reflexioné profundamente sobre la propuesta que me hizo a finales del año anterior, donde me invitó a que fuéramos solo amigos. Negué inevitablemente, ya que mi mayor deseo era compartir más vivencias con él. Sin embargo, su concepto de amistad era muy insano. En varias ocasiones, junto con su amigo Alfonso, maltrató mi integridad psicológica al decir palabras que dañaban mi autoestima, como cuando me apodaron «celostina». Por esa razón, no pude aceptar su propuesta de ser amigos, ya que me resultaba muy difícil aceptar esos cambios tan drásticos.

Considero que cambiarme de escuela fue una buena decisión, ya que, como mencioné antes, el rechazo de mis compañeros hacia mí ya era algo muy notorio.

En mis sueños esporádicos y anhelados, siempre me visualicé bailando con él en medio del patio de ENSEP, donde todos nos aplaudían y celebraban nuestra relación, con la canción de *Can't Help Falling in Love* de Elvis Presley.

Los trapitos al sol y la conversación final con Edrian

Estábamos en la penúltima semana antes de que, por fin, terminara el ciclo escolar. Por alguna razón extraña, todos los alumnos de la ENSEP sabían que me iba a cambiar de escuela, y fue entonces cuando los trapitos comenzaron a salir de los diferentes clósets. Para mí, era insólito que me abriera más con la gente justo cuando me estaba despidiendo de ellos, en lugar de haberlo hecho durante el tiempo que compartimos diferentes experiencias. Pero así fue. Al final, tuve un acercamiento más profundo con varios compañeros. Quiero pensar que, al saber que estaba por irme y que finalmente me olvidaría de Fernando, comenzaron a contarme todo lo que este hombre había hecho a mis espaldas.

¿Recuerdan al chico de Biología, a quien puse en duda sobre una posible relación con Fernando? Pues bien, de él fue el primer trapito del cual me enteré. Según las diferentes versiones, Fer fue varias veces a su departamento, no precisamente para ver películas, sino para tener relaciones sexuales.

Otro trapito del que me enteré fue que el regiomontano estuvo cortejando durante un largo tiempo a Ángelo, un compañero de la especialidad de español. Tristemente, en cierto momento, Lois Fernando compartió estados con él, lo que confirmó ese rumor. No se limitó a simples salidas ocasionales, sino que también hubo intercambio de salivas y otros fluidos.

Siguiendo con los comentarios sobre este hombre, supe que mantuvo relaciones esporádicas con Gerón, un chico de la especialidad de Historia. Sin embargo, lo que más me sorprendió fue descubrir que su mejor amigo, Alfonso, también pasó por la cama de Fernando. Tal vez no hubo besos, pero sí ocurrió una masturbación entre ambos.

Otra de las posibles verdades que me dolió saber fue que efectivamente compartió saliva con mi exnovio Xilberto y aceptó que le hicieran un oral. Quiero pensar que la finalidad de compartirme toda esa información no fue con la intención de dañarme emocionalmente, sino más bien para que me diera cuenta de todo lo que me estaba salvando. Ya que gran parte del alumnado de la ENSEP sabía que me incorporaría a otra Normal, querían que me olvidara completamente de él, haciéndome entender que no era una buena persona para mí.

Es hora de escribir sobre Edrian. Un chico moreno, algo llenito, con un singular físico, de la especialidad de Historia, que en cierto momento no lo vi como competencia ante Lois Fernando, pero recordando los gustos tan cambiantes que tenía ese hombre, en cierto momento le tuve algo de celos.

Una noche fría del mes de julio, al terminar la jornada escolar, salíamos los tres: Lois, Edrian y yo. Íbamos rumbo a nuestras paradas. Edrian le comentó a Fernando:

—Si quieres ve a dejarme a mí primero y después vas a dejar a Osmi, para que no se vaya solo.

Fernando interrumpió y respondió:

—No, él se puede ir solo, además no creo que le pase nada.

Edrian, un poco sorprendido, dijo:

—No seas malo con él, ya que no merece ese tipo de respuesta.

Fernando, con una expresión de burla, comentó:

—Era broma, pero ¿qué te parece si primero lo dejamos a él, y después te dejo a ti?

Resignado ante la situación, tuve que aceptar la propuesta. Llegamos a mi parada, y Fernando dijo:

—Sale, te cuidas, nos vemos después.

—¿No vamos a esperar a que suba a su camión? —Edrian lo interrumpió.

—No, porque se nos hace tarde y caminar por la ciudad de noche ¡es muy peligroso! —respondió Lois.

—Sí, no se preocupen —respondí yo—, déjenme aquí, aparte tiene razón Fer, ya es tarde, no les vaya a pasar nada.

Edrian me quedó viendo fijamente con algo de nostalgia y aceptó.

Si les contara la cantidad de veces que desee estar en los zapatos de alguien más, en este caso de Edrian, y aprovechar todo el tiempo posible con Lois Fernando...

Al día siguiente, Edrian me solicitó un tiempo para hablar de un asunto importante. Sin pensarlo dos veces, intuí que era algo sobre ese hombre, así que acepté.

Estábamos la mayoría de los compañeros dentro del salón, a excepción de ese regiomontano. Por lo que me habían comentado, había acompañado a Nuel a checar unas cosas, pero no me dieron más detalles, así que me tocó quedarme con la duda. Aprovechando que no teníamos maestro en ese momento y recordando que tenía una charla pendiente con Edrian, decidí aprovechar para hablar con él.

Eran las 6 de la tarde, ya estaba oscureciendo en la ciudad de Puebla y, por ende, la atmósfera era algo nostálgica. Nos encontrábamos en la parte trasera de la escuela, escondidos para que nadie nos viera, sentados en unas butacas de cemento, frías, como la conversación que estábamos a punto de tener.

—¡Osmaaaan! Sabes que te aprecio muchísimo y admiro cañón la fortaleza y el aguante que has tenido con Lois Fernando. No cualquier chico es capaz de soportar todo lo que él te ha hecho y seguir con él de una manera tan incondicional —dijo Edrian, tratando de romantizar mi personalidad y mis actos de dependencia emocional.

—¡Muchas gracias, Edriancito! Créeme que tus palabras me confortan mucho, pero es muy triste que él no lo vea de esa manera, y que solo me vea como una carga más en su vida.

—¡Lo sé! Por esa razón estoy teniendo esta conversación contigo. Mira, no sé ni cómo decirte lo siguiente, porque más allá de que se me cae la cara de vergüenza, sé que te lastimaré muchísimo. Pero es mejor que te enteres de mi propia boca a que te lleguen rumores por parte de tus compañeros de salón.

Para que puedan entender el diálogo anterior, quiero contextualizar un poco acerca del trato que recibía por parte de (Las Esferas, un pequeño grupo de chicos con problemas de autoestima que se vanagloriaban cuando emitían comentarios despectivos sobre mí o intentaban humillarme de manera verbal.)

El silencio dominó durante un minuto. Emitió una oración en un tono alto y, tras analizarlo, me solté a llorar con él.

—Fernando, ¡me besó! —prosiguió—: Discúlpame, pero no solamente es eso, también me propuso que saliéramos.

Mi semblante cambió radicalmente, no sabía qué responderle, ni siquiera cómo reaccionar. Ante mi nula respuesta, continuó diciéndome:

—Sé que te estoy lastimando, pero como te comenté hace un momento, prefiero que te enteres de mi propia boca a que Las Esferas te lo digan de una manera hiriente. Yo no le he dado ninguna respuesta, pero si tú me dices que aún lo amas, me alejaré de él. Aunque me duela romperle el corazón, lo haré por ti, porque, te vuelvo a repetir, admiro mucho tu valentía y fortaleza interna.

En un tono deprimente, le respondí:

—Muchas gracias por la confianza de contarme lo que está pasando entre él y tú. Créeme que, si tú lo haces feliz, adelante. Prefiero verlo contigo que con otra persona.

—¡No, Osman! Perdóname, pero no es justo para ti. ¿Cuánto tiempo llevas tratando de tener una relación romántica con él? Y todo lo que le has soportado para que venga un cabrón a quitártelo, yo no soy así. Mira, me alejaré de él para que se olvide de mí.

Cerramos la conversación con un abrazo y una promesa de antemano.

Aunque no lo crean, este personaje era el único chico leal ante su entorno y que no se dejaba llevar por sus impulsos, a excepción de un pequeño suceso que ocurrió posteriormente, porque tiene protagonismo en un capítulo posterior.

Al día siguiente, Fernando me reprochó que se sentía muy triste ante el distanciamiento de Edrian. Esa noche, obligado por las circunstancias, fue a dejarme a la parada de mi autobús, repitiendo forzadamente esta acción hasta que terminó el ciclo escolar. Yo era feliz ante ese hecho, pero me limitaba a demostrarle todo mi afecto.

Receso escolar

urante el receso escolar, unas semanas antes de mi ingreso al BINE, sentía una gran necesidad de ver a ese hombre, ya que la rutina y la monotonía de mis actividades diarias en casa me martirizaban. Varias veces le propuse vernos para platicar y quemar las enormes ansias que tenía de estar con él, pero de todas las ocasiones, solo aceptó una vez.

Aquella vez, tardó una hora en llegar. Inicialmente, nos encontraríamos en el Zócalo de Puebla, pero debido a un contratiempo suyo, cambió el lugar al parque del Paseo Bravo o del Gallito. Traté de ir lo mejor posible: me puse un pantalón ajustado que resaltaba mis glúteos, una camisa azul que realzaba el color de mis ojos y unos zapatos bien lustrados, todo para deslumbrarlo, pero tristemente, él me vio como si nada. Recuerdo que iba vestido de manera muy casual, con unos jeans rotos y una camisa del trabajo, algo que me sorprendió, pues en la escuela siempre se esforzaba en ir bien arreglado.

De hecho, hizo un comentario acerca de su vestimenta:

—Vengo de lavar mi ropa, por eso traigo estos garabatos.

—No te preocupes, te ves guapísimo de todos modos —respondí.

Nos fuimos a dar una vuelta por las calles de la ciudad hasta llegar a la catedral. Cuando el hambre apareció, me dijo que no llevaba mucho dinero, así que decidí hacerme cargo de los gastos. Fuimos a comer pizza. Mientras comíamos, él monopolizaba la conversación, entreteniéndome con lo que contaba. Al terminar, me dijo que debía irse porque tenía otras cosas que hacer, a lo que acepté sin más preámbulo. Luego, me acompañó hasta mi parada, pero antes de llegar, le sugerí pasar una vez más por el parque del Gallito.

Quería regresar porque ese parque había sido el escenario más representativo de nuestra historia, el lugar donde solíamos pasar al ir a la Normal y donde habíamos tenido nuestra primera erección juntos. Ya en el parque, nos sentamos en una banca, y traté de tener un acercamiento afectivo con él, pero ya era evidente su rechazo. Traté de evitar el desaire y simplemente lo abracé. Él, en respuesta, miró su reloj, indicándome sutilmente que ya estaba abusando de su tiempo. Me dejó en la parada, se despidió y se fue sin esperar a que tomara mi camión.

A lo lejos, observé cómo su sombra desaparecía lentamente. Durante el trayecto a casa en el autobús, reflexioné profundamente sobre lo que vendría en mi nueva escuela, deseando encontrar a un chico con las mismas cualidades físicas y de personalidad para poder olvidarme finalmente de aquel «HOMBRE».

Un día cualquiera del mes de agosto

Después de todo lo que afronté y de la convivencia al lado de Lois Fernando y mis compañeros de la Normal, que en más de una ocasión me hicieron sentir inferior, traté de buscar la aprobación de mi entorno social, y fue fácil buscar esa aceptación en personas ajenas y de la peor manera.

Después del gran rechazo que recibí por parte de Fernando en el parque del Gallito, volví a ese lugar, pero esta vez con otra intención. Caía el atardecer, el frío de la ciudad comenzaba a sentirse en las pieles de las personas en Puebla. Decidí sentarme en una de las butacas del kiosco, cuando de repente se acercó un tipo con un semblante extraño. Tenía unos lentes, el cabello lacio, era un poco más alto que yo, delgado, y su rostro reflejaba 15 años más que los míos.

Me hizo una expresión insinuante, invitándome a sentarme a su lado, y acepté.

—¡Qué onda! —me dijo en un tono fuerte y varonil.

—¡Hola! —respondí en un tono suave y angustiado.

—¿Qué haces por acá? ¿Qué buscas? —preguntó en un tono provocativo.

Sin pensarlo dos veces, me dejé influenciar por lo que en cierto momento me compartieron Dilan y César, y respondí lo siguiente:

—Estoy haciendo favores a cambio de dinero.

Al emitir esa frase, mi conciencia comenzó a jugar en mi contra.

—Va, ¿cuánto cobras?

Al escuchar esas palabras, en lugar de sentir que mi autoestima subía, mi orgullo y vanidad cayeron al suelo. Mi juicio moral no estaba respondiendo de la mejor manera. Con un nudo en la garganta respondí:

—$1000, pero tú pagas el hotel.

Después de decir el precio, él me indicó que me pusiera de pie y diera una vuelta para que pudiera visualizar «la mercancía». Realicé su indicación.

—Va, jalo. ¡Ven, sígueme!

Mi subconsciente me alertaba de lo que podría pasar durante esa acción, pero mi juicio no intuía el peligro al que me estaba exponiendo, así que lo seguí hasta el hotel. Diez minutos después, llegamos. Él realizó las gestiones correspondientes en la recepción y pasamos al cuarto.

Tuvimos relaciones sexuales con protección, pero no fueron como yo esperaba. Me sentí sucio, culpable, poco valorado, con la autoestima por los suelos, con el ego y el orgullo rotos. Honestamente, fue la primera vez que sentí que a mi cuerpo le daban un valor muy inferior a lo que yo pensaba.

No pienso dar tantos detalles de este capítulo, únicamente quería que comprendieran hasta qué punto llegué, con tal de que Fernando se diera cuenta de lo que estaba perdiendo a mi lado, pero créanme que perdí más yo que él.

Mi primer año en el BINE

Al llegar a esa nueva Normal, me di cuenta de que el ambiente era completamente diferente al de mi antigua escuela. El aire era más tranquilo, los grupos sociales estaban más definidos y el trato entre las personas era distinto. La filosofía de la institución era otra; como la mayoría de sus miembros seguían un reglamento y el estatus de la escuela era a nivel nacional, muchos jóvenes parecían contener sus verdaderas personalidades. No tardé ni una semana en darme cuenta de que sería difícil encontrar en esa escuela a alguien como Fernando.

Conocí a una maestra llamada Amy Elitte, quien en cierto momento se convirtió en un ángel para mí, ya que me brindó mucho apoyo y ayuda. Sin embargo, en un principio, esta maestra se mostró muy directa conmigo, lo que afectó mi confianza. En una de sus clases, durante una exposición, notó que me costaba pronunciar algunas palabras, sin entender mi situación motriz, y me comentó en público que debía hacer ejercicios de dicción para mejorar mi articulación. Algunos compañeros se aprovecharon de esa situación y enseguida comenzaron los comentarios despectivos en esta nueva institución.

En ese momento, sentí mucho coraje hacia la maestra, y la taché como una mala docente. Sin embargo, el destino estaba trazado de tal manera que, posteriormente, cambiaría mi percepción de ella por el apoyo que me brindó en una situación de riesgo.

Comparaciones con su nuevo amor

Facebook, una aplicación muy importante para las personas entre 2018 y 2023, se convirtió en una herramienta donde podíamos ver qué sucedía con nuestros amigos, familiares y parejas. Era a principios de septiembre, y yo entraba con frecuencia a revisar qué hacían las personas que más me importaban en sus perfiles. De repente, una publicación cambió radicalmente mi situación emocional: Lois Fernando había comenzado una nueva relación con un tal Edwar.

Edwar era un chico de tez morena, algo alto, delgado, y con un rostro un tanto atractivo. Al investigar un poco más en su perfil, me di cuenta de que pertenecía a un grupo de vals y que ya tenía publicaciones previas con Lois Fernando, lo que me hizo hervir de celos. Sin pensarlo, le reclamé a Lois. Hoy en día, acepto que fue un error reclamarle por algo que ya no me correspondía, pero en ese momento me pareció una falta de respeto que él solo hubiera esperado a que yo me cambiara de escuela para empezar su «desmadre» públicamente.

Al comenzar a pedirle explicaciones sobre por qué había iniciado esa relación, todos los recuerdos de lo que me habían dicho sobre él, y lo que hizo frente a mí y a mis espaldas, inundaron mi mente. Evidentemente, involucré a personas cercanas, recriminándole que me parecía injusto que, después de soportar humillaciones, infidelidades, relaciones sexuales casuales, insultos, reproches, y actos de violencia psicológica y social, no hubiera tenido una verdadera oportunidad con él, mientras que alguien recién aparecido había ganado su cariño inmediato.

Ante mis palabras, Lois se enfadó y me dijo que lo dejara hacer su vida, que lo mejor sería bloquearme de esa red social y, en sus palabras, bloquearme de su vida completamente.

Tras lo sucedido, Lois compartió su versión de los hechos con los demás compañeros del antiguo grupo, lo que aumentó el resentimiento que ellos sentían hacia mí. Claro, él no tenía nada que perder, ya que convivía con ellos diariamente, mientras que a mí, por mi ausencia, no me dieron la oportunidad de contar mi versión.

Voy a compartir una acción de la que no me siento orgulloso, pero que en ese momento de crisis emocional me pareció lo más sensato: creé un perfil falso para espiar qué hacía Lois en su red social y cómo avanzaba su nueva relación, que terminó durando incluso más que el tiempo que él y yo compartimos.

Transcurrieron los días, y pude observar que subían fotos juntos, mostrando al mundo que estaban completamente enamorados. Incluso en sus nombres de perfil compartían esa relación tan públicamente: Lois Fernando puso como su apellido el de aquel chico, y viceversa, Edwar también cambió su perfil para agregar el apellido Torralba.

Perdí mi esencia, todo con el fin de complacerlo, ya que llegué a pensar, de manera indudable, que no era suficiente para los estereotipos de belleza que él tenía, y que por eso se había enamorado de aquel chico.

Segundo choque contra la cruel realidad

Un día normal, a principios de septiembre, después de una ardua jornada de clases, salimos temprano, me parece que a la 1:00 de la tarde. Tenía tiempo libre, así que pensé que sería buena idea dar una vuelta por mi antigua escuela, para recordar viejos momentos y, con la esperanza de haber superado aquella conversación que tuvimos por Facebook, verlo nuevamente. Llegué a las instalaciones del plantel, pero el recibimiento no fue el que esperaba. Mientras caminaba al lado de su salón, las reacciones que percibí fueron negativas. Al notar sus expresiones, decidí subir las escaleras de manera tranquila e ir a ver a mis amigas de la licenciatura en español. Justo en ese momento, algunas de ellas pasaban hacia el baño, así que me detuve para esperarlas.

Mientras esto sucedía, Lois Fernando, junto con Las Esferitas y otros compañeros de mi salón, se acercaban muy molestos. Algunos iban en plan de confrontación. Interrumpieron la conversación que mantenía con Diana, y empezaron a recriminarme.

—¿Qué estás haciendo aquí? —dijo uno de los miembros de Las Esferas en un tono violento.

—Vine a visitar a mis amigos —respondí con un tono intimidado y con mucho temor a lo que fuera a pasar.

—Aquí nadie te quiere —agregó otro del grupo.

Fernando intervino, amenazándome:

—¡Si no te sales de aquí, pendejo, te saco a putazos!

Chantla y Erika intentaron calmar a Lois.

Ante lo que estaba ocurriendo, Dianita y Bere decidieron acompañarme a su salón para que me mantuviera resguardado. Mientras esto sucedía, el regiomontano, las esferitas y otros compañeros se quedaron organizando un complot en mi contra, con la intención de tratar de expulsarme de la escuela.

Llegando a la puerta del aula de español, mis compañeras pidieron autorización al maestro para que me dejaran ingresar. De repente, y ante la crisis que estaba atravesando, decidí entrar con ellas, aunque no tuviera la autorización del maestro. En ese momento, Fernando y su grupito de «amigos» llegaron a tocar de manera muy brusca la puerta del salón.

En un tono alterado, Fernando le dijo al maestro:

—Puede sacar a ese alumno, que no pertenece a esta institución ni a su clase, afuera de su salón.

El maestro, al ver la situación y para evitar un riesgo que me perjudicara directamente, se negó a aceptar la solicitud de Fernando. Pero este prosiguió con su reclamo:

—Si no saca a ese alumno, que no corresponde a esta escuela, tendré que hablar directamente con la directora para que hable con usted y lo expulse, porque él no tiene nada que estar haciendo aquí. ¡Él es un intruso!

El maestro, con carácter enérgico, le respondió:

—Está bien, ve a hablar con la directora, y quiero que ella venga y me haga la solicitud por escrito.

—Te estaremos esperando, cobarde —dijo Fernando muy enojado, y se fueron en grupo, muy molestos, a hacer el reclamo a la dirección.

El maestro me dijo lo siguiente:

—Primero tranquilízate. Márcale a alguien que pueda venir por ti, porque esos chicos no se van a quedar con las manos cruzadas.

Agradecí el apoyo que recibí por parte de aquel maestro y de mis compañeras. Dianita me acompañó al baño, y me comuniqué con la maestra a la que le tenía más confianza, la maestra Amy.

—¡Bueno! —respondió la maestra Amy.

—¡Bueno! Buenas tardes, maestra, disculpe la molestia. Estoy pasando por una situación espantosa… —de ahí le expliqué todo lo que estaba ocurriendo.

—¡Ay, Osman! ¿Para qué fuiste a exponerte de tal manera? Pide apoyo con algún maestro de esa institución. Ay no, olvídalo, recordé la situación de aquella escuela. Escucha con atención: dile a alguna de tus compañeras que te acompañen a la entrada de manera sigilosa. Una vez que estés en la puerta de la entrada, corre hacia tu parada y no te detengas por nada. De ahí, toma tu camión y vete para tu casa. ¿Me escuchas? —preguntó en un tono de preocupación.

Me encontraba tan aturdido ante la situación que lo único que quería hacer era llorar. Al escuchar mi tono de voz y mi angustia, me dijo:

—¡Tranquilízate! Por favor, Osman, si no te calmas, todo saldrá mal.

—Sí, maestra —respondí en tono melancólico.

—Haz lo que te acabo de decir. Si pasa cualquier cosa, no te preocupes, márcame y enseguida voy por ti con una patrulla. Un favor, cuando estés en el camión, mándame un mensaje, y cuando llegues a tu casa, llámame.

—Sí, maestra —respondí, colgando para ejecutar el plan que ella me propuso. Le comenté a Diana y a su amiga que me acompañaran a la puerta de madera de la Normal, de manera sigilosa, y así lo hicieron.

De ahí, corrí como loco hacia mi parada, con los ojos llorosos y deseando no estar allí. Estando en el camión, le mandé un mensaje a la maestra, a lo cual me respondió:

—*Okay*, con cuidado. Avísame cuando llegues a casa.

Mis pensamientos se enfocaron en dolores extremos. No podía comprender la razón de esa reacción tan drástica de parte de él hacia mí. Créanme que mi corazón se rompió en mil pedazos; no podía aceptar que ese suceso fuera realidad. Quise imaginar que era una pesadilla.

Eran las 5 de la tarde cuando llegué a casa. No saludé a mi mamá como de costumbre; en lugar de eso, subí directamente a mi habitación y le marqué a la maestra para desahogarme de todo lo que tenía adentro.

—Osman, entiendo que estás muy afligido por lo que acaba de pasar. Llora todo lo que quieras, pero proponte que será la última vez que lo harás. No permitas que te haga más daño, recuerda que por algo te cambiaste de escuela, y que te sirva de experiencia para no repetir esta acción tan impulsiva.

El karma llega para todos

Seguía muy afectado por lo que ocurrió en aquella Normal, que en su momento consideré una de las mejores. Traté de continuar con mi vida habitual, aunque seguía cargando los estragos de aquella horrible vivencia.

Una mañana del 19 de septiembre, realizábamos como de costumbre un mega simulacro, a las 12 del día en las instalaciones del BINE. Una vez finalizado este acto, nos reincorporamos a nuestras actividades habituales. Me encontraba charlando con mis compañeras cuando, a la 1:10 de la tarde, ocurrió un evento de catástrofe natural, «un sismo». Corrí junto con mis compañeras para bajar al punto de reunión y ponernos en resguardo. Cuando estábamos por la biblioteca, el temblor se había detenido por completo. Tardamos aproximadamente más de tres minutos en colocarnos en la cancha trasera de la escuela. Todos los alumnos que estábamos en dicho lugar nos encontrábamos dialogando sobre lo ocurrido.

Esperamos unos minutos ahí, cuando se nos dio la indicación de que fuéramos por nuestras cosas y nos retiráramos a nuestros hogares. Nos reincorporaríamos hasta recibir una notificación de que las instalaciones del BINE eran seguras para todos nosotros. Al llegar a casa, me enteré a través de una noticia en Facebook que la ENSEP había sufrido daños estructurales debido al tiempo que tenía dicha construcción. Me preocupé por aquel hombre y le llamé para saber si estaba bien, pero, dado lo reciente del suceso, me canceló la llamada.

Pasaron los días y llegaron a la conclusión de que la vieja edificación de mi antigua Normal tenía que ser sometida a una ardua reparación. Mientras tanto, el BINE recibió luz verde para continuar con las actividades de manera normal. La Normal superior gestionó ante el gobierno estatal una solución para que los alumnos continuaran con su proceso de formación, a lo cual la respuesta fue que el BINE otorgara temporalmente algunas de sus instalaciones para que los estudiantes de la Normal pudieran seguir con sus estudios. Es decir, que ahora quienes iban a estar de intrusos en mi escuela eran ellos. El *karma* hizo de las suyas, poniendo las cosas en su lugar.

Miradas matadoras

Era el mes de octubre, y yo iba caminando rumbo a la parada de mi camión para dirigirme a casa. Estaba riendo junto con mis compañeras, disfrutando del momento, cuando de repente volví a ver a Lois Fernando. Pero esta vez no tenía esa cara de alegría y felicidad que solía mostrar en el pasado, sino todo lo contrario: una expresión de odio y una sed de venganza en su mirada, como si intentara culpabilizarme por el temblor y las repercusiones que había tenido en su vida.

Una de mis compañeras notó de inmediato la intensidad de su mirada y me preguntó, preocupada, cuál era la causa. Sin entrar en detalles, simplemente le respondí:

—Es mi expareja.

Mi ego afectado

Ingresaba de manera constante al perfil falso para verificar en qué situación iba el noviazgo de Fernando y Edwar. Cada vez que veía algo novedoso en su relación, entraba en una crisis depresiva al pensar que con él sí era feliz, mientras que conmigo nunca lo fue. Paralelamente, no podía entender por qué había tanto rechazo y repudio hacia mí, porque en algún momento llegué a creer que «formábamos una bonita pareja».

Seguía muy trastornado al ver cómo él seguía adelante con su vida, mientras yo, con mucha dificultad, aún no podía superarlo. Decidí tomar algunas sesiones terapéuticas, pero, sin desacreditar a las personas que fueron mis psicólogos, sentía que solo me daban consejos superficiales, sin profundizar lo suficiente para ayudarme realmente. Parecía que no lograban entender el trasfondo de esta relación tan compleja.

El malentendido con Yahir y el plan estratégico de Edrian

Me encontraba fuera de la biblioteca, ubicada junto al patio cívico dentro del BINE, cuando vi pasar a dos chicos guapísimos acompañados de una chica a la que ya conocía previamente. La saludé de manera afectuosa, y seguidamente me presentó a los dos chicos, uno de ellos llamado Yahir. En ese preciso instante, charlamos un poco y, en el proceso de la conversación, intercambiamos números telefónicos.

Pasaron los días, y Yahir me invitó a una de sus habituales reuniones alcohólicas, a lo cual acepté. En esa ocasión fuimos al Tigre. Estábamos tomando ampolletas de cerveza cuando, de repente, a él se le subió un poco y comenzó a besarme. Una vez que se nos acabaron las bebidas y notamos que nuestro presupuesto estaba algo escaso, decidimos retirarnos. De manera muy amable y afectuosa, Yahir me acompañó a mi parada. Agradecí lo ocurrido y tomé mi camión rumbo a casa.

Al día siguiente, alrededor de las 8 o 9 de la noche, recibí una llamada de Edrian. Se escuchaba preocupado, y me recordó lo que había ocurrido recientemente con algunos compañeros de mi grupo. Sin saber el verdadero trasfondo, su preocupación en realidad era saber qué había pasado entre Yahir y yo, ya que le habían llegado rumores de que estaba coqueteando con su novio, el novio de aquel entonces. Le expliqué la situación y aclaré que todo era un malentendido.

Aprovechando la conversación, Edrian intentó nuevamente enjaretarme a Lois, diciendo que él aún preguntaba por mí y que, cuando platicaban, seguía siendo parte primordial en su vida. Esto solo generó más confusión en mí. No es por culpar a terceros, pero muchas de las conversaciones que tuve con Edrian parecían estar enfocadas en romantizar las feas actitudes de Fernando y, desde luego, en generarme falsas ilusiones.

El reencuentro con Fernando

Estábamos a mediados del ciclo escolar, como en febrero o marzo, y seguía saliendo con Yair y Nataly, mi mejor amiga. Solíamos ir a lugares a echar relajo y beber hasta perdernos.

En una ocasión, organizamos una salida más a nuestro lugar favorito, el Tigre. Llegamos aproximadamente a las 3 de la tarde y nos sentamos en una mesa cerca de la barra, al fondo de aquel gran bar. Como de costumbre, pedimos una cubeta con ampolletas y comenzamos a bailar. Nos acabamos la primera ronda, cuando de repente Yair nos comentó que iba a saludar a unos amigos que había visto en la entrada. Mi escepticismo me hizo dudar mucho, y pensé que sus amigos podrían ser Lois Fernando y Edrian, pero decidí no darle mucha relevancia.

Uno de mis grandes sueños era que Lois Fernando llegara a uno de esos lugares, me dijera que aún me amaba y que todo ese tiempo ausente había sido para que recapacitara sobre lo que había perdido conmigo.

Pasaron unos 20 minutos, y Yair volvió a nuestra mesa. Lo sentí algo distante conmigo, pero muy cercano con Nataly. Noté que entre ellos se estaban secreteando mucha información, lo que me pareció extraño, pero traté de no darle importancia y seguí bailando. Minutos después, Yair fue al baño, y aproveché el momento para interrogar a Nataly. Esto fue lo que pasó:

—Osmi, no vayas a hacer ninguna tontería con la siguiente información —me dijo en un tono de preocupación.

—Descuida, confía en mí —le respondí con mucha seguridad.

—Lois Fernando y sus amigas, Las Esferas, están aquí.

Cuando escuché esa frase, no pude dejar de pensar en tomar una cerveza e ir a hacer las paces una vez más.

—Amigo, no vayas para allá, recuerda que viene acompañado de esos tipos, y podrían hacerte algo muy feo.

Le respondí que no se preocupara. En ese momento, Yair regresó a la mesa, y me armé de valor para ir a ver a Lois, diciéndoles que iba al baño.

Busqué a Lois Fernando por la entrada, pero no lo encontré. Caminé observando de mesa en mesa, dirigiéndome más hacia el interior del lugar, cuando de repente lo vi bailando con Las Esferas y algunos compañeros del BINE. Llevaba puesta una camisa azul claro que lo hacía ver el doble de atractivo. Aproveché que estaba con ellos para intentar colarme en el grupo y saludarlo.

—¡Hola, Lalis! ¿Cómo estás? —le comenté en un tono eufórico.

Él respondió de manera sorpresiva y algo tajante:

—Bien, gracias. ¿Qué haces por aquí?

Al ver su expresión, respondí de forma sarcástica:

—Pues lo mismo que tú, ¡divertirme!

Intentar incorporarme a un grupo donde no era bien recibido fue una de las experiencias más dolorosas. Una vez que intenté meterme en su círculo, el ambiente se tornó muy negativo, pero no me importó y decidí adentrarme más, saludándolo mientras seguía bailando.

—¡Hola, Lois! Qué emoción verte por acá, ¿cómo estás?

Él solo respondió con un simple «bien» y siguió bailando, como si no estuviera ahí.

De repente, uno de sus amigos, para no dar especificaciones, pero considero que al que le caía más mal, me dijo de una manera muy retadora:

—¿Qué haces aquí? ¿Quién te invitó? Porque hasta donde yo sé, nadie de los que está aquí te llamó.

Cuando su amiguito me hizo esa recriminación, quería que él interviniera y lo detuviera, pero al ver que me dio la espalda y dejó que la situación fluyera, tuve que retirarme por dignidad a la mesa donde había dejado a Naty y Yair.

Escuché, entre los gritos pronunciados por este personaje tan antipático, lo siguiente:

—¡Qué bueno que entiendas las indirectas, y si vuelves a venir, te correremos a madrazos!

Una vez de vuelta en la mesa, me solté a llorar de coraje e impotencia. Naty y Yair intentaron calmarme, pero estaba tan herido que lo único que quería era confrontarlo y decirle sus verdades. Continué tomando cerveza tras cerveza, llegando a un punto en el que ya no recordaba nada de lo que estaba ocurriendo. El juicio duró hasta el momento en que me tocó buscarlo nuevamente para confrontarlo, y al ver que no estaba, regresé a la mesa, de donde me sacaron porque, supuestamente, comencé a tirar las mesas y las sillas.

Me encontraba muy mal, pues el alcohol ocasionó estragos en mí, y tras ese evento, se me subió muy rápido. Una vez afuera de aquel bar, Naty y yo caminamos hacia el parque del Gallito, cuando de repente le dije que se detuviera porque tenía muchas ganas de orinar, a lo que únicamente respondió:

—Espérate tantito, Osmi, no hay baños cerca; espérate diez minutos.

Recuerdo con mucha pena que hice esa necesidad, sobre mi pantalón porque no podía aguantar esa sensación.

Versión de Nataly:

Como ya mencioné en el fragmento anterior, no recordaba con precisión lo que ocurrió después de la ingesta de todas esas bebidas alcohólicas, así que en una postreunión con mi mejor amiga, me explicó más detalles de lo que pasó aquella tarde-noche. Según lo que me contó, nos sacaron de aquel lugar porque comencé a tirar las sillas y las mesas de quienes estaban a nuestro lado. Lo peor no fue que tirara las mesas, sino que caían con todo y ampolletas, por lo que la seguridad del lugar prefirió retirarme para evitar más problemas. Una vez fuera, no tenía el boleto de entrada donde habíamos dejado nuestras cosas, así que, según ella, tuvo que pagar una cantidad extra para que se las devolvieran. Como ya no tenía dinero, le pidió a nuestro acompañante, Yair, que fuera a pedir dinero a sus amigos, entre los que se encontraba Edrian (esta información es importante porque más adelante surgió un malentendido debido a esta acción).

Mientras Yair (el güero) fue por el dinero, Kristy y yo nos quedamos juntos. Al notar que no podía ni con mi propia vida, prefirió invitarme unos tacos del Paseo para que se me bajara un poco la borrachera. Recuerdan aquel penoso momento en que me oriné en los pantalones; pues ella, de manera muy superficial, me comentó lo que había ocurrido, evitando ahondar en ese detalle para no hacerme sentir más avergonzado. Una vez en el kiosco del parque, me pidió mi teléfono para marcarle a mi hermano. Habló con él, y la indicación fue que nos esperáramos ahí hasta que llegaran por nosotros.

Cuando llegaron por mí, Kristy se quedó pasmada y enseguida le explicó a Anthony lo que había ocurrido. Él, sin más preámbulos, le agradeció y me llevó con él.

Nataly se puso en contacto con Yair para que la acompañara al parque y después fueran por nuestras cosas al Tigre. Cuando llegó el güero, no llegó solo, sino acompañado por Fernando. En ese momento, Yair los presentó, y posteriormente caminaron juntos para recoger nuestras cosas, riendo y haciendo bromas sobre lo ocurrido

Al día siguiente, desperté con una cruda tanto alcohólica como moral. Me sentía muy avergonzado ante mi mamá, quien solo me indicó que fuera por mis cosas y me advirtió, muy molesta, que no repitiera ese tipo de acciones.

Los celos de Edrian y sus malas interpretaciones

Después de lo ocurrido, Edrian y Yair se distanciaron mucho de mí, y en futuras reuniones, Yair me evitaba a toda costa.

Días después, le envié un mensaje a Yair para invitarlo nuevamente a convivir conmigo y con Kristy, pero su respuesta me causó una gran confusión:

—Mira, Osman, tú solamente fuiste algo pasajero. A quien verdaderamente amo es a Edrian. Te pido de la manera más atenta que dejes de molestarme y no me vuelvas a marcar, porque si no, vas a tener muchos problemas conmigo y con mi novio.

Poco después, Edrian se puso en contacto conmigo.

—¡Bueno! —escuché en un tono serio y molesto.

—¡Hola, Edri! ¿Cómo estás? —respondí en un tono sereno.

—¡Osman!, no te creía capaz de hacer lo que hiciste con Yair. Créeme que te tenía en otra expectativa y nunca pensé que fueras una zorra.

—¿De qué hablas? —pregunté, confundido.

—No te hagas el mustio. Toda la escuela sabe lo que hiciste con Yair aquella noche que se fueron de tragos.

—¿Qué hice con él? Si se puede saber, o, mejor dicho, ¿qué te dijo él? —respondí, incómodo y molesto.

—Yair no me ha querido decir nada, se ha quedado en silencio. Las Esferas, incluyendo a Lois Fernando, me dijeron que, una vez saliendo del Tigre, se fueron a un motel.

Sabía el grado de malicia que tenían esos tipos, Las Esferas, pero nunca imaginé que fueran capaces de difarmarme con la finalidad de que otra persona me golpeara.

Tengo que reconocer que, en cierto momento, aplaudí el temperamento de Edrian. Antes de llegar a los golpes, se prestaba para el diálogo. En ese momento me tocó tranquilizarlo y explicarle con detalle lo que había pasado, y le mencioné que, si no me creía, podíamos reunirnos los tres —Nataly, él y yo— para aclarar los hechos. Obviamente, como había una testigo que presenció todo, a Yair no le interesó realizar esa reunión.

A fin de cuentas, Edrian reflexionó sobre los distintos hechos y me dio su voto de confianza, ya que recordó que esos chicos nunca me quisieron y que eran capaces de crear ese tipo de rumores, y más, con tal de verme derrotado.

Pero ¿creen que la situación acabó ahí? No, querido lector, eso fue solo una parte.

Tiempecito después las llamadas con este personaje se hicieron más frecuentes, y en una ocasión me comentó que Lois Fernando preguntaba mucho por mí, lo cual me generó aún más confusión. Sin embargo, de manera errática, lo que este personaje quería era acercarme más a Lois, para que dejara de ser un tormento para él y su querido Yair.

Pasaron algunos meses desde aquella última conversación con Edrian, hasta que volví a ingresar al perfil falso que había creado meses antes. Fue entonces cuando me di cuenta de que Lois Fernando ya estaba comprometido con su querido novio, Edwar. Esa notificación desplomó las ilusiones que aún albergaba con Lois y marcó el inicio de mi intento por olvidarlo nuevamente.

¡Créanme!, en ese momento me sentía tan solo, y admito haber sido una persona increíblemente incrédula, dejando pasar varias relaciones que quizá pudieron haber dado más. Pero mi obsesión con Fernando era tan grande que no pude ver más allá de lo que mi mente me permitía. Sentí tanta envidia hacia ese hijo de puta por estar viviendo el noviazgo que siempre quise para mí.

Un nuevo ciclo, nuevas proyecciones y un reencuentro más íntimo con Lois Fernando

Era finales de septiembre, y estaba en un ciclo escolar más complejo, donde las prácticas se habían vuelto más elaboradas y teníamos mayor responsabilidad ante un grupo. Por consecuencia, se nos exigía más en varios aspectos al preparar una clase.

Siempre, cuando se acercaban finales de septiembre y principios de octubre, me invadía una gran nostalgia porque estaba cerca una fecha importante: mi cumpleaños, pero también el de mi ser amado.

Decidí enviarle un mensaje a Lois para saber cómo se encontraba. Tardó un par de días en responder, pero lo hizo. En el chat se mostró, en parte, empático y muy humano, preguntándome también cómo estaba. Le respondí que bien, aunque un poco abrumado por la carga de trabajo que tenía en este nuevo ciclo. Él me comentó que ni siquiera sabía qué hacer, ya que en su escuela Normal no tenían una organización ni estructura clara respecto a las planeaciones e información del documento recepcional que trabajarían más adelante.

Ante su situación, y con la intención de verlo nuevamente, me ofrecí a ayudarlo compartiéndole archivos físicos y digitales de la planeación. Sin problemas, aceptó mi asesoría. Le propuse que nos viéramos al día siguiente en la escuela para entregarle los archivos físicos, y él aceptó.

Me sentía muy contento y emocionado por verlo de nuevo, ya superada aquella horrible experiencia del año anterior. Eran aproximadamente las 5 de la tarde cuando mi mamá me llamó. Tuve que mentirle, diciéndole que tenía un trabajo en equipo con mis compañeras y que llegaría un poco más tarde de lo habitual, a lo cual aceptó, aunque con cierta inconformidad.

Al observar a algunos excompañeros, tuve diferentes emociones, unas positivas y otras negativas. Esas emociones se intensificaron cuando lo vi acercarse. Me encontraba debajo de una sombrilla de cemento cuando él me dijo:

—¡Qué onda! ¿Cómo estás?

Yo estaba tan nervioso que solo pude responder:

—Bien, gracias. Aquí te dejo las guías para que las revises con detenimiento.

—Sí, claro. Muchas gracias —notó que estaba ansioso por irme y agregó—: No te preocupes, siéntate y relájate, estás en tu escuela, literalmente.

—Está bien —respondí, con manos sudorosas.

En ese momento, retomó la misma pregunta:

—¿Cómo estás?

—Bien, gracias. ¿Y tú? —tratando de no tocar temas que pudieran incomodarme, como su relación con Edwar.

Minutos después, se acercaron Gustavo y Jos para saludar y estar un momento con nosotros. Enseguida le comentaron a Lois que subiera con ellos para escuchar unas indicaciones que les tenían que dar.

En ese momento, me dijo:

—¿Te vas o me esperas tantito? Y de ahí nos vamos juntos.

Sin dudarlo, acepté su segunda propuesta. Mientras él estaba en su reunión, me encontraba aburrido debajo de la palapa de cemento. De repente, se acercó un chico muy particular de la especialidad de Historia, con quien no había tenido una buena charla antes, pero en ese momento comenzó a contarme una gran variedad de cosas sobre historia. La conversación continuaba cuando llegó él, con su mochila y algunos compañeros, diciendo:

—No te preocupes, si quieres sigue hablando con calma, mientras voy a firmar.

Era una medida que el BINE había implementado para tener un mayor control, obligando a firmar un registro de entradas y salidas.

Lo esperé unos veinte minutos más, escuchando al chico introvertido, hasta que él se acercó para interrumpir la conversación y decir que ya estaba listo para irnos.

Caminamos hacia la salida de aquella gran Normal, y le sugerí que me invitara a su casa para darle algunas especificaciones sobre cómo realizar el formato de planeación.

—¿Tienes hambre? —me preguntó.

—Un poco, pero no te preocupes, puedo aguantar hasta que lleguemos a tu casa —respondí, aunque en realidad las ansias por estar con él me estaban matando.

—No, pues yo sí tengo hambre. Te invito a comer unos tamales riquísimos que hacen por aquí cerca —dijo con naturalidad.

—Está bien, no te preocupes —respondí, aunque no quería generarle ningún gasto.

Mientras cenábamos los tamales, Lois jugueteaba con las palabras para ganar simpatía con la señora del puesto. Una vez que terminamos aquella precena, nos dirigimos hacia la parada del autobús.

Subimos al camión rumbo a su casa. Íbamos charlando y observando cómo subían vendedores ambulantes. Notando mi incomodidad, Lois me tranquilizó diciendo que no me preocupara, que él estaría ahí si pasaba algo.

Para contextualizar: en México, muchas veces los vendedores ambulantes que suben a los camiones no tienen buenas intenciones, ya que en ocasiones aprovechan para asaltar o robar a los pasajeros.

Siguiendo con la historia…

Mientras hablábamos, Lois recibió una llamada que afectó mi paz emocional. Era su novio, Edwar, buscándolo con escepticismo. Lois respondió de manera cansada e impaciente:

—Bueno, ¿qué pasó? —continuó—. Estoy en el transporte. Te marco cuando esté cerca de mi casa, ¿va?

Deduje que Edwar le estaba preguntando dónde se encontraba. Para evitar el tema, mencioné que el paisaje se veía bonito, a lo que Lois respondió con humor:

—Sí, está hermoso pasar por un montón de fábricas.

Bajamos en la Ciénega y caminamos unas cuantas calles hasta llegar a su casa. Una vez instalados, Lois me invitó a cenar. Sentados en la mesa, vi entrar a una mujer con el cabello blanco y corto, con unas cuantas marcas de la vida en su rostro y un cuerpo voluptuoso. ¡Qué pena!, era su madre. Era la primera vez que conocía a la mamá de una posible pareja o amigo.

La conversación con su madre fue breve; solo le mencionó a Lois que no fuera mal anfitrión conmigo. Terminamos de cenar y subimos a su habitación. Lois me comentó que me pusiera cómodo, a lo cual agradecí y me senté en su cama, esperando a que saliera del baño. Tardó un poco alistándose.

Me sentía incómodo debido a la jornada larga que había tenido, y estaba sudado con un mal olor que me molestaba. Le pedí permiso para usar su baño y quitarme esa desagradable sensación con un baño rápido, pero al ver las condiciones del lugar, preferí solo lavarme la cara y las manos. También intenté maquillar el olor a comida con un poco de pasta dental en mis dientes, aunque no fue de mucha ayuda.

Al entrar a su cuarto, noté que llevaba ropa más cómoda, mientras que yo seguía con la misma ropa que había usado todo el día. En ese momento le propuse explicarle los elementos y características de la planeación, y él aceptó. Estaba concentrado en la explicación que estaba dando, cuando de repente le sonó el teléfono y le marcaron.

—Perdona, ¿me permites contestar? —dijo.

—¡Claro! No te preocupes.

Durante la llamada, pude escuchar cómo Lois hablaba de manera dulce a Edwar, diciéndole que ya estaba en casa a punto de dormir y expresándole lo mucho que lo quería.

Al notar mi cambio de actitud, Lois decidió posponer la «clase» para el día siguiente.

—Discúlpame por lo que acabas de escuchar. Créeme que no es mi intención hacerte daño —dijo en tono nostálgico.

—Descuida, sabía a lo que me arriesgaba viniendo a tu casa —respondí, extremadamente deprimido.

—Lo mejor será que nos recostemos.

Apagó la luz y se quitó toda la ropa, quedándose solo en bóxer. Notó que yo seguía cubierto con mi ropa y, extrañado, me dijo:

—¿No te sientes incómodo durmiendo con ropa?

Respondí que no, pero él me invitó a quitármela para estar más cómodo. Accedí, quitándome la ropa. Al intentar dormir, me coloqué en posición fetal, dándole la espalda. De repente, me tomó de la cintura y me abrazó.

—¿Te molesta si te abrazo? —preguntó.

Aunque mi lógica me decía que no, mis deseos me llevaron a aceptar su abrazo.

Comencé a sentir como su pene crecía, y ante esta acción, él se quitó el bóxer. Evidentemente reaccioné de la misma manera y también me lo quité. Volteé mi rostro para mirarlo de frente y comenzar a besarlo.

—Aún te sigo amando, Lois Fernando —le dije con unas palabras llenas de ternura.

—Lo sé, Osman —me respondió con una voz excitante.

En ese momento comenzó a penetrarme. Tomó mi cuerpo y lo direccionó hacia la cama, continuando con el acto sexual. Ambos estábamos complacidos. Luego se levantó de la cama y me hizo levantar también. Me dijo que pusiera las manos sobre su cama, estando de pie, para seguir con la penetración y poder eyacular en mí. Mientras lo hacía, no desaproveché para decirle cuánto lo amaba.

Una vez terminado el acto sexual, se vistió y fue al baño. Yo decidí acostarme con su semen dentro de mí. Cuando regresó, agradeció el momento y comentó que debíamos dormir porque ya era muy tarde y necesitábamos recuperar energías para el siguiente día.

Mientras dormía, me desperté al escuchar una voz murmurante:

—¡Sí! No te preocupes, amor, estoy solo. Tú también ya duérmete, ya es tarde.

Al oír esas palabras, pensé que simplemente le estaba explicando a Edwar dónde estaba y con quién. Decidí guardar silencio. Sin embargo, la siguiente frase que pronunció, llena de sentimiento, hizo que sintiera un gran desprendimiento en mi corazón y comenzara a llorar en silencio:

—Claro que te amo, flaco, y te amaré por siempre…

Al día siguiente, nos levantamos a las 8:15 de la mañana. Le expliqué rápidamente los elementos y características de la planeación. Al ver la hora, decidí irme para la escuela, pero tenía un problema: mi ropa del día anterior estaba en condiciones antihigiénicas, así que él decidió prestarme algunas prendas limpias.

Al llegar a la escuela, algunas de mis compañeras se extrañaron al verme con ropa que me quedaba un poco grande y con una apariencia poco habitual. No pude contener mi emoción y les conté lo que había ocurrido la noche anterior. Sus expresiones de insatisfacción no tardaron en aparecer, pues ya conocían la historia con Lois.

El tiempo transcurrió, y nuevamente Fernando decidió distanciarse de mí para no perjudicarme más. Sin embargo, ese distanciamiento no sirvió de mucho, porque en ese momento yo aún LO AMABA.

La Escuela Telesecundaria Número 82

Había pasado casi un año desde aquel reencuentro con Lois Fernando. Me encontraba en otra sintonía, ya estaba en mi último año de escolaridad, ejerciendo mis prácticas profesionales frente a grupo. Mi mamá, por fin, me dio el beneficio de la duda y confió un poquito más en mí. Tomó la decisión de prestarme su vehículo para poder trasladarme diariamente a la escuela donde realizaba mis prácticas.

Por fortuna o desdicha, me tocó coincidir nuevamente con dos de mis excompañeros de mi primera Normal. Sinceramente, la relación con mis compañeros del BINE no era muy buena; en muchas ocasiones, me mantenían al margen de la información y de los rumores que se contaban entre ellos.

Así que, por suerte, no me sentía tan solo, ya que durante los recesos desayunaba con mi excompañero Chantla y su primo Fredy. En las salidas, platicaba y caminaba con Dilan (también un excompañero).

Entre todas aquellas conversaciones que tuvimos, me informaron de lo que hizo Lois en mi ausencia: cómo se fajó con aquella mujer que me cacheteó en la borrachera del Tigre. Además, me notificaron que en un viaje que tuvieron, tuvo relaciones sexuales con Jael y Dilan, es decir, tuvo la fortuna de tener relaciones íntimas con cuatro tipos de su salón (incluyéndome, por supuesto).

Se aproximaban las fechas patrias, septiembre. En México, se tiene la costumbre de hacer todo un protocolo de actividades alusivas a la independencia, tanto académica como socialmente. Dilan me invitó a que fuera con él y Fernando a una de sus acostumbradas reuniones, que regularmente se traducen en embriaguez.

—¡Wey!, me invitaron a su departamento unos amigos de Fernando.

—¡Órale, qué bien! Oye, qué pena con la siguiente pregunta, pero ¿puedo ir? —le pregunté como un niño pequeño.

—¡Wey!, no sé si vaya a ir Edwar y no quiero que hagas una escena de telenovela. Déjame pregunto.

Hizo una llamada telefónica de no más de cinco minutos para obtener más información.

—¡Wey!, te voy a invitar, pero no quiero que hagas una de tus acostumbradas escenas dramáticas con Fernando.

—Sí, claro, no te preocupes —respondí con mucha emoción.

—Va, pasamos por Lois y Jos nos alcanza en el departamento.

Dicho departamento se encontraba aproximadamente a diez minutos de nuestra escuela de prácticas. Creo que tardamos más esperando a Lois Fernando para que saliera de su escuela que lo que tardamos en dirigirnos hacia la casa.

En el camino, iba haciendo comentarios engrandeciendo a Lois Fernando, pero él se incomodaba y trataba de cambiar el tema de conversación con Dilan.

Una vez instalados en el departamento, comenzaron a poner música, y como era habitual, Dilan y Fernando empezaron a animar el ambiente con sus comentarios y chistes ocurrentes. Había tres chicos de la BUAP, algo simpáticos, e intenté poner celoso a Fernando coqueteando con uno de ellos, pero mi técnica fue inútil. Lois comenzó a burlarse de mí, haciendo comentarios despectivos sobre mi personalidad para hacer reír a los demás, lo cual logró, incomodándome de manera notoria. Hubo un momento en el que el alcohol empezó a hacer efecto, y al notar lo que estaba pasando, Dilan intervino y me dijo que me controlara y dejara de tomar, ya que tendría que manejar hasta mi casa y no quería que ocurriera un accidente.

El reloj marcaba las 6 de la tarde cuando Dilan me comentó que ya nos fuéramos, pues estaba anocheciendo, y me recordó que ¡no manejaba del todo bien! Al salir, notamos que Jos llegaba.

Al día siguiente, después de ese encuentro, Jos me contó todo lo que había sucedido con Fernando.

—¡No manches!, de lo que te perdiste.

—¿Qué pasó? —respondí angustiado.

—¿Para qué te fuiste? Justo cuando se estaba poniendo bueno —comentó en tono burlesco.

—No lo creo, porque me llevé al alma de la fiesta, o sea, a Dilan.

—¡Ora!, él se regresó a los diez minutos de que te fuiste.

El término «ora» se usa en Puebla para expresar duda o inconformidad.

—¿En serio? —dudé de su afirmación.

—Sí, wey, creo que Fernando le marcó para que se regresara.

Entré en un proceso mental complejo, pues ese acto me parecía una injusticia. Dilan, en su intento de volver a entablar una amistad conmigo, se había comportado de manera incorrecta al no avisarme que se regresaría a la fiesta. Sin embargo, en el fondo sabía que él no era realmente mi amigo.

—Bueno, ¿y luego qué pasó?

—Ese wey se puso a bailar con ellos de una manera muy sensual. Después hicieron el juego de «verdad o reto», y a Fernando le tocó besar a uno de esos vatos de la BUAP. ¡Madres! Que le da un faje.

Al escuchar estas palabras, no pude evitar sentir una oleada de celos, porque aún me importaba mucho. Pero recordé que ya no éramos nada, y exigirle una explicación era inútil. No tuve más opción que dejarlo pasar.

Recuerdo con nostalgia aquella reunión, porque fue una de las últimas veces que coincidí con aquellos compañeros de la ENSEP. Esto fue antes de un cambio imprevisto de escuela que tuvimos a raíz de un acto inmoral que cometió uno de mis compañeros del BINE. A dicha NORMAL no le convenía tener esa reputación a nivel estatal, así que decidieron cambiar a sus alumnos de escuela de prácticas.

Nuestro último encuentro íntimo

Mi hermano decidió organizar una fiesta de primera comunión para mi sobrino en el mes conmemorativo al niño, es decir, en abril, precisamente durante la semana de vacaciones de Semana Santa. La comunicación con Lois no era completamente buena, pero tampoco mala, más bien regular. Días previos a la celebración, lo invité a la primera comunión de mi sobrino. Sin embargo, al recordar que estaría toda mi familia, que tiene ideas algo machistas, decidí también invitar a Dianita y Nataly, mis dos mejores amigas, para guardar las apariencias.

Fernando y Kristy no pudieron asistir por motivos personales, ella por problemas familiares y él por «trabajo pendiente». En cambio, Dianita sí asistió a la festividad, y me alegró mucho verla. Estuvo presente aproximadamente una hora. Antes de que se tuviera que ir, pidiéndome indicaciones sobre qué autobuses tomar para su regreso. Le comenté que no se preocupara, que yo la llevaría a su casa. Aproveché el viaje para pasar a ver a Fernando y llevarle un poco de mole y arroz para que comiera.

Estando en su casa, él agradeció el gesto e inmediatamente me invitó a pasar un rato con él, invitación que acepté sin dudar. De haber sabido que esa sería la última vez que tendríamos contacto sexual, lo habría aprovechado al máximo.

—Ven, pasa a mi cuarto. ¿Qué tal estuvo la pachanga? ¿Había muchos hombres? —preguntó en tono juguetón.

—No, cómo crees, fue una fiesta familiar —respondí algo apenado.

—No te preocupes, solo estoy bromeando —dijo riéndose de mi reacción—. Muchas gracias por el mole y el arroz, en verdad no era necesario —comentó con una ternura inesperada.

—No es ninguna molestia, lo hago de todo corazón —respondí.

—¡Gracias! —dijo, sonriendo al pronunciar las palabras—. Pero siéntate, ponte cómodo —me indicó mientras señalaba su cama. Se sentó junto a mí.

En mi mente pasaba la idea de besarlo y hacer el amor con él, pero también tenía el temor de ser rechazado. Me armé de valor y lo besé. Él accedió. Se bajó el pantalón, sacó su miembro y me pidió que empezara con sexo oral. Accedí. Después de unos minutos, me puso de pie, me llevó al tocador, me indicó que pusiera las manos sobre el mueble, flexionó un poco mis rodillas y me colocó frente a él. Introdujo su aparato reproductor en mí y comenzamos el acto de penetración. De repente, mi teléfono comenzó a sonar insistentemente, pero decidí no contestar.

«Eyaculó en mí»

Una vez terminado el acto sexual, le regresé la llamada a mi mamá.

—¿Qué pasó, mami? —respondí en un tono dulce y angelical.

—¿Dónde estás, hijo de la chingada? ¡Mira la hora, ya es bien tarde! —me reclamó con enojo.

—Sí, mami, ya voy en camino —respondí, intimidado.

—¿Dónde vienes?

—En la autopista —mentí para tranquilizarla.

—Ya, apúrale.

Después de colgar la llamada, Fernando preguntó:

—¿A poco no pediste permiso?

—No, porque no me lo iban a autorizar. Recuerda que mi mamá no te acepta muy bien.

—Ah, sí, ya recuerdo que mi suegra no me quiere.

Cuando escuché esas palabras, mis ilusiones volvieron a dispararse, pues él insinuaba que mi mamá podría ser su suegra.

—No te preocupes, con tal de amarte, es más que suficiente —le respondí, emocionado.

Nos abrazamos, le di el último beso y me fui de su casa.

Aquella ocasión fue la última vez que estuve dentro de su hogar, y fue la última vez que él estuvo dentro de mí.

¿Propuesta de matrimonio?

Fueron innumerables las veces que me imaginaba al lado de aquel regiomontano, contrayendo matrimonio y escuchando la marcha nupcial, entrando por primera vez en la iglesia principal de mi pueblo. Nos prometíamos verdadero amor, en las buenas y en las malas, rodeados de nuestros seres queridos, todos felices por el acto, para después embriagarnos de satisfacción hasta el día siguiente…

Llegó el día de ponernos a llorar y al mismo tiempo estar muy contentos por haber concluido de manera satisfactoria nuestra formación docente. Recuerdo que en esas fechas me encontraba muy preocupado por aprobar el examen de oposición y poder ganar una plaza, para así experimentar lo que se siente alcanzar el objetivo anhelado por méritos propios.

Inicié un noviazgo corto con uno de mis mejores amigos. No le di tanta importancia al aspecto emocional y simplemente estuve con Raúl para no sentirme solo. La clausura de ambas escuelas, tanto de la ENSEP como del BINE, fue en el Complejo Cultural Siglo XXI de la BUAP. Sé que hice mal al estar con una persona sin estar emocionalmente preparado debido a los conflictos internos que sentía por Lois, así que la única decisión inteligente que tomé fue distanciarme de Raúl, para darme el tiempo necesario para olvidar aquellos traumas vividos.

Evitaré entrar en demasiados detalles de ese capítulo, ya que lo más relevante desde mi perspectiva fue que, en una ocasión, durante las fechas de clausura, me metí al perfil de Fernando y noté que había festejado dicho evento al lado de Edwar y sus amigos de la ENSEP. También observé una publicación en su red social con unos anillos en mano, dando a entender que había realizado su propuesta de matrimonio.

Lentamente iba entrando en un proceso de putrefacción, en el cual vivía mi vida imaginando que él seguía presente en ella. ¡Cuánta obsesión de mi parte!

¿Casualidad, coincidencia o destino?

Era tanta mi necesidad y mis ansias por sentirme libre de las ataduras que mi madre me impuso, que antes del examen de oposición, por el mes de junio, estudié como loco la información que venía en una guía de estudio, prestándole menos atención a mi documento recepcional.

Después de todo lo sucedido en los eventos de clausura, y estando en casa sin prácticamente nada que hacer, llegó agosto, el mes en que mi mamá cumple años. Para esa fecha importante, ella decidió que nos fuéramos a dar la vuelta a Acapulco un fin de semana. Olvidé por completo las fechas en las que se publicaban los resultados del examen de oposición. Por ende, me encontraba muy tranquilo en la playa con toda mi familia, cuando de repente una de mis compañeras me envió un mensaje de texto diciéndome que estaba muy destrozada, ya que su posición en la lista era por debajo del número 400 y creía que no le tocaría plaza. Le di palabras de aliento y le pregunté si ya estaban los resultados de USICAM, a lo que me respondió de manera afirmativa, y aprovechó para preguntarme por mi posición. Le contesté que aún no sabía.

En ese preciso instante, informé a mi mamá que tenía que revisar mi resultado. Fui a unas máquinas cerca de la playa, abrí una ventana de internet y comencé a teclear. Al ingresar mis datos en la plataforma, me encontraba demasiado nervioso. Cuando vi que mi lugar estaba muy por encima de lo que creía ocupar, grité de emoción. Todas las personas que estaban en ese café internet se sorprendieron y me miraron con curiosidad. Iba muy contento y alegre a transmitirle mi puntuación a toda mi familia, y recibí muchas felicitaciones. Todos comenzaron a decirme que me lo merecía.

Días después, comencé a enterarme de los resultados de algunos de mis compañeros, tanto del BINE como de la ENSEP. En una conversación que tuve con Dilan, le pregunté su número de prelación y me dijo que ocupó el puesto 87. Luego me preguntó por mi número, y con mucha alegría le dije que el 36. Él se asombró y me respondió que estaba cerca de la posición de Lois Fernando, ya que él había ganado el lugar 35. Fue tal mi impresión que, por un momento, imaginé la posibilidad de trabajar con él y restablecer la relación que nunca pudimos tener.

Era finales de agosto cuando comenzaron a reclutar a los primeros 34 maestros en la lista para la asignación de plazas. Me desilusioné un poco al pensar que Lois Fernando podría tomar alguno de los lugares disponibles, pero por fortuna no lo hizo. Me comentaron que solo se asignaron 28 plazas, quedando en espera aquellos seis que no tuvieron oportunidad de elegir en esa primera ronda. En el segundo llamado, fuimos más de 60 compañeros citados para elegir alguna de las plazas restantes.

Traté de ir vestido lo mejor posible y vi a maestras y maestros de diferentes edades, rostros y características, todos muy ilusionados de por fin tener su plaza. Observé a algunos compañeros del BINE, y dos lugares frente a mí, lo vi a él.

Comencé la charla con un:

—¡Hola!

—¡Qué onda!

—¿Traes todos tus papeles? —pregunté, porque no teníamos otro tema de conversación.

—Se supone que sí, a menos que pidan algún otro documento.

—¿Y tú? —me preguntó.

—Creo que también los traigo todos.

Mientras esperábamos a que los primeros compañeros comenzaran a elegir lugares, no pude evitar sacar el tema de que la vida siempre nos acercaba.

—¡Qué coincidencia! —mencioné con mucha ilusión.

—¿De qué hablas? —respondió, fingiendo no saber a qué me refería.

—Sí, la insistencia de la vida. Siempre intentamos alejarnos y la propia vida o el destino nos acerca.

—Sí, ya ni me digas, muy raro —respondió con un tono molesto—. ¡Que se me hace que me estás haciendo brujería!

—No, ¿cómo crees? —respondí con temor e inocencia.

—No es cierto, era broma.

Comenzaron a correr rumores sobre los lugares que estaban vacantes, y le propuse que eligiera una escuela donde había dos vacantes para que pudiéramos trabajar juntos. Googleó un poco y dijo que estaba muy lejos, que no se arriesgaría tanto.

Le dije que no fuera malo, que me interesaba mucho trabajar con él o, al menos, cerca. Eligió primero él, y luego yo. Una vez que eligió su escuela, me sugirió dos vacantes cercanas a él. Pero, debido a la desconfianza que le tenía, dudé de que sus propuestas fueran verídicas. A pesar de mi errática intuición, terminé eligiendo la escuela que tenía en mente desde un inició.

Después de haber hecho la elección, Lois Fernando me dijo:

—¿Por qué no elegiste la escuela que te dije? Te vas a ir súper lejos —comentó con algo de angustia.

—Es que quería estar cerca de ti —respondí con incertidumbre.

—No inventes, pues ahora no vas a estar cerca de mí, todo lo contrario, vas a estar muy lejos.

Una vez que superé ese momento de crisis, decidí invitarlo a comer, pero justo en ese momento entró mi primer jefe de sector. Aproveché para presentarme, y él me dijo que empacara mis cosas porque al día siguiente tenía que presentarme con él.

—Maestro, disculpe, ¿es necesario que me presente mañana? —le pregunté con algo de esperanza.

—¿Por qué? —me preguntó con firmeza.

—Es que tengo que despedirme de mi familia y avisarles a qué escuela voy a llegar —intenté ganar algo de tiempo para poder celebrar con Lois Fernando. Sin embargo, el jefe se negó, diciéndome que solo empacara una maleta pequeña, ya que pasaría por mí al día siguiente.

Este fue uno de los momentos más tristes y alegres de la historia, porque, debido a las circunstancias laborales, tuve que adelantar mi distanciamiento de Lois Fernando.

«Mi vida comenzó a girar en torno a un sistema».

Esa fue la última vez que hablé con él de manera presencial, sentados en una de las banquetas fuera de la Secretaría de Educación Pública del Estado de Puebla.

—Qué mala onda que tu jefe de sector no te haya dado chance de estar más días en Puebla —contestó con molestia.

—Sí, lo sé, pero ¿nos veremos después? —pregunté con mucha nostalgia.

—Checamos más adelante, pero tienes que entender que lo que vamos a vivir ahora nos alejará un poco.

Decidió despedirse con un apretón de manos, pero no lo acepté y, en su lugar, le di un abrazo. Él lo aceptó con algo de frialdad. Caminamos hacia nuestras respectivas paradas de camión, y esa fue la última vez que tuve la oportunidad de hablar con él en persona.

La elección más dolorosa de mi vida, bloquearme de su vida

Diciembre del año 2019.

Después de tres meses de incertidumbre, al no ver reflejado en ninguna modalidad nuestro pago, entramos en escepticismo y pensamos que no nos pagarían el tiempo invertido. Sin embargo, al llegar el mes de diciembre, nos efectuaron nuestro primer gran pago. Personalmente, me sentía muy contento porque era la primera vez que me gratificaban por algo que hacía con mucho esfuerzo. Quiero imaginar que, en su caso, también sintió lo mismo.

Tomé la decisión de planificar unas pequeñas vacaciones a Acapulco, así que en los chats que teníamos de manera recurrente, le propuse hacer un viaje juntos, a lo cual aceptó. Sin embargo, llegando semanas previas a dichas vacaciones, me canceló como de costumbre, argumentando que tenía que empezar a ahorrar para construir su casa. Esta decisión, evidentemente, me molestó, y le reproché tantas cosas que aún tenía dentro. Ante esto, él se indignó y, en un chat, me respondió que lo mejor era eliminarme de su vida.

Pensé que era solo un capricho, como en ocasiones anteriores, cuando me decía cosas dolorosas de manera despectiva y se alejaba, pero luego siempre regresaba. Sin embargo, en esta ocasión no fue así. Al año siguiente, en octubre, decidí llamarle para felicitarlo por su cumpleaños, pero al escuchar mi voz, él respondió:

—¿Eres tú...? —y colgó inmediatamente.

Intenté devolver la llamada, pero tristemente él me había bloqueado por completo.

En ese preciso momento apliqué la ley de «al buen entendedor, pocas palabras».

El final de un nuevo inicio

Han transcurrido más de cinco años desde aquella conversación que tuve con él. Créanme que, al recordar todo lo que viví a su lado, he afrontado diversas emociones y sentimientos. Pero lo que puedo compartirles es que no odio a este personaje; todo lo contrario, le sigo teniendo un gran cariño. Al intentar comprender sus comportamientos, pude entender que, tal vez, él vivió situaciones realmente catastróficas que lo llevaron a comportarse de esa manera con alguien que nunca tuvo la culpa.

En el año 2023, me enteré de que se cambió al sector —el Sector Educativo se refiere a la estructura formada por los diferentes componentes que participan en la educación de la población; es una jerarquía superior al supervisor y director— donde estoy trabajando, en una zona diferente. Es decir, la SEP nos alejó, pero el mismo magisterio insiste en juntarnos de una u otra manera.

¿Todo terminó?

No, solo concluyó un gran capítulo de mi vida. Prepárate para el siguiente fragmento, que está lleno de grandes enfrentamientos sociales. Te contaré los retos y problemas de ser un maestro con una determinada personalidad en la sierra, y de una infidelidad que me abrió una herida emocional y desintegró en varios pedazos un alma y un corazón. ¡Prepárate!

Colorín colorado, este capítulo ha terminado.

Agradecimientos

Tener la oportunidad de trabajar en la docencia ha traído muchas repercusiones en mi vida, tanto positivas como negativas. Sin embargo, uno de los grandes beneficios es que, gracias a esta labor, he tenido la oportunidad de publicar este libro. Agradezco a todas las personas que formaron parte de él y de las experiencias que compartí con ellas para que este proyecto pudiera concretarse. Pero también te agradezco a ti, querido lector, por acompañarme en el trayecto de toda esta historia. Espero que te haya gustado y que, al leer estas páginas, hayas podido sentir lo que yo viví.